CHAQUE PIÈCE. 20 CENTIMES.
316e ET 317e LIVRAISONS.

THÉÂTRE CONTEMPORAIN ILLUSTRÉ

MICHEL LÉVY FRÈRES. ÉDITEURS.
RUE VIVIENNE, 2 BIS.

LES FILLES DE MARBRE

DRAME EN CINQ ACTES, MÊLÉ DE CHANT

Par MM. THÉODORE BARRIÈRE et LAMBERT THIBOUST

REPRÉSENTÉ POUR LA PREMIÈRE FOIS, A PARIS, SUR LE THÉÂTRE DU VAUDEVILLE, LE 17 MAI 1853.

DISTRIBUTION DE LA PIÈCE

PHIDIAS, RAPHAEL, }	MM. FECHTER,
DIOGÈNE, DESGENAIS, }	FÉLIX.
GORGIAS, DE FRESNES, }	CHAMBÉRY.
ALCIBIADE, JULIAN, }	ALLIÉ.
UN ATHÉNIEN, FRANCIS, }	BASTIEN.
MAULÉON	LÉON DÉSORMES.
STRABON, JOHN, }	ALBERT.
UN VIEUX MONSIEUR	FERDINAND.
PREMIER JEUNE HOMME	ZELGER.
DEUXIEME JEUNE HOMME	ROGER.
UN GARÇON DE CAFÉ	M. BACHELET.
ASPASIE, MARCO, }	Mmes FARGUEIL.
THÉA, MARIE, }	SAINT-MARC.
Mme DIDIER	CHAMBÉRY.
LAIS, JOSEPHA, }	CÉCILE.
PHRYNE, JULIETTA, }	JEANNE.
FOEDORA	MARIE LAFON.
JULIE	FANNY.
PREMIERE DAME	ELISE.
DEUXIEME DAME	MARIA.
UN GROOM	ANTONIA.

Représentation, traduction et reproduction réservées.

ACTE I.

Intérieur grec, chez Phidias. Porte au fond ; à droite de la porte, un grand rideau masquant les statues. — Ça et là, bustes, objets et instruments de sculpture.

SCÈNE PREMIÈRE.

STRABON, *seul assis sur un escabeau et déjeunant avec des figues. (Au lever du rideau on entend crier au dehors :* Vive Alcibiade! vive Alcibiade!)

STRABON.

Est-il possible d'être bête comme ces Athéniens !... Allez, mes braves gens, courez nommer Alcibiade ; pour être général maintenant, on n'a plus qu'à couper la queue à son chien. Et mon maître Phidias, qui a du talent, mon maître Phidias, qui a fait le Jupiter olympien et la Minerve du Parthenon, n'a même pas... mes figues pour déjeuner. O humanité! où vas-tu? (*Il mange.*)

LA VOIX DE THÉA, *chantant au dehors,*

La déesse a dit : Aime encore,
Et cependant le maître ignore
Mes pleurs.
Puisque les fleurs viennent de naître,
Cueillons-les... il verra peut-être
Mes fleurs !...

(*Entre Théa lentement par la gauche, un petit bouquet à la main.*)

SCÈNE II.

STRABON, THÉA.

STRABON.

Qu'est-ce qui chante donc?.. Ah! c'est Théa! Bonjour, Théa. (*Théa va déposer son bouquet sur la table et s'assied tristement auprès.*) Tu viens encore du temple de Vénus?

THÉA.

Oui!

STRABON, *se levant et s'approchant d'elle.*

On ne voit que toi dans le temple de Vénus... Est-ce que le

serais amoureuse, par hasard? Ah! j'y suis... tu aimes Alcibiade... cet Alcibiade, il n'en manque pas une, le temple de Vénus ne désemplit pas... c'est comme le temple de Mercure (*riant*), il n'y a plus que les femmes et les voleurs qui croient aux dieux! Allons, conviens-en, tu aimes Alcibiade!... (*Théa secoue la tête.*) Ce n'est pas lui!...

THÉA.
Est-ce que j'ai le droit d'aimer?

STRABON.
Il est vrai, tu es une esclave, que le maître a recueillie un jour que tu tombais de lassitude et de faim devant sa porte. Tu t'es bien conduite, quand cette fièvre a pensé l'emporter... Toujours là, la nuit, le jour, à le veiller, à le soigner. Il avait tant travaillé à ces trois statues... que le délire est venu... Et que disait-il dans ce délire?

THÉA, *se levant vivement.*
Rien!... rien!...

STRABON.
Tu mens! car il parlait tout seul! comme il fait chaque jour quand il s'enferme dans cet atelier... Après ça... qu'il dise tout ce qu'il voudra... que m'importe à moi... Pourvu que la Béotie produise de bonnes figues et la Crète de bon vin... (*Il prend une amphore et boit à même. — Théa va s'asseoir au pied des statues à droite, immobile et pensive.*)

SCENE III

Les MÊMES, GORGIAS, puis ALCIBIADE.

GORGIAS, *entrant.*
Où est Phidias?

STRABON.
Partout, excepté chez lui!...

GORGIAS, *s'asseyant près de la table à gauche.*
Je veux le voir!... J'attendrai.

ALCIBIADE, *entrant suivi de jeunes Athéniens.*
Comment.. Phidias n'est pas dans son atelier! attendons

GORGIAS.
Eh!... c'est l'heureux Alcibiade.

ALCIBIADE.
Eh! c'est le riche Gorgias!... (*A ses amis.*) Le voilà, cet homme, dont le nom est dans toutes les bouches, comme le mien... Je croyais être le seul extravagant d'Athènes. Ta main, Gorgias, nous sommes deux.

GORGIAS.
Que veux-tu dire?

ALCIBIADE.
On m'oubliait hier, je coupe la queue de mon chien aujourd'hui, et me voilà général. (*A ses amis.*) Mais savez-vous ce qu'a fait, lui, ce Gorgias, ce Plutus d'Athènes, ce lingot habillé en homme?

LES ATHÉNIENS.
Non... non...

ALCIBIADE.
Il n'a pas dérobé un morceau du ciel... c'était trop facile... il n'a pas acheté la toison d'or pour s'en faire une tunique neuve... c'était trop simple... non, citoyens. La récolte des vins de Chypre a été abondante; Gorgias a acheté l'île entière. (*Rire des jeunes gens.*) Gorgias possède seul ce nectar des hommes... Mais le difficile n'était pas d'acheter une île; le difficile était de trouver des tonneaux pour mettre l'île... Gorgias a acheté tous les tonneaux de la Grèce, et cela ne suffisait pas, il en fallait encore un!... Grand désespoir de Gorgias!.. Lorsque ce matin, en passant sur l'Agora, il avise... Diogène dans sa maison. Diogène couchait dans le dernier tonneau!

LES ATHÉNIENS, *riant.*
Ah! ah! ah!

ALCIBIADE.
Ce qu'il a fait, mes amis; il a acheté à la ville, et à prix d'or, le tonneau que Diogène refusait de vendre; il a mis sans façon Diogène à la porte! voilà ce qu'a fait Gorgias!... le riche bourgeois d'Athènes. Vive donc la fortune! et vive le vin de Chypre! Nous souperons chez toi cette nuit, Gorgias, nous nous griserons, puis nous irons par la ville casser quelques statues, pour faire gagner à Phidias de quoi manger pendant huit jours! (*Tout le monde rit.*)

GORGIAS, *riant comme les autres, il se lève et passe au milieu.*
Par Plutus! c'est la vérité!.. la vérité vraie. J'ai acheté le tonneau du cynique. Tiens!... tu as là une bien belle bague;

Alcibiade!... le plongeur qui a pêché cette perle m'avait dit qu'il n'en existait qu'une par le monde; je l'avais achetée et donnée à Aspasie hier soir.

ALCIBIADE.
Aspasie me l'a donnée cette nuit. (*On rit.*)

GORGIAS, *riant aussi.*
Ah! en vérité.

ALCIBIADE.
En soupant.

GORGIAS, *riant plus fort.*
Elle m'a juré par Vénus Pudique et la chaste Diane qu'elle n'avait pas soupé.

ALCIBIADE.
Alors c'est en causant, près de la fenêtre. (*A Gorgias.*) Est-ce que tu serais jaloux?

GORGIAS.
Moi, jaloux d'Aspasie! Pour qui me prends-tu?

ALCIBIADE.
A la bonne heure.

GORGIAS.
Pour cela, il faut être amoureux, et par le fils de Mars, je ne le suis point; l'amour est l'occupation des désœuvrés, comme dit Diogène.

ALCIBIADE.
A propos d'amour, hier soir, Aspasie et moi, comme nous regardions Phœbé, nous avons aperçu sous le balcon comme une forme humaine, quelque chose ressemblant à Phidias.

TOUS.
A Phidias!

ALCIBIADE.
Je crus d'abord que c'était un mendiant; je lui jetai quelques oboles : en me voyant il poussa un cri et s'éloigna; alors je reconnus Phidias...

THÉA, *se levant au fond, à part.*
Phidias!... Phidias!... Dieux immortels!... est-ce donc Aspasie qu'il aime!

GORGIAS, *riant.*
C'est un original; je l'ai vu moi-même, l'autre nuit, enveloppé dans son manteau, couché sur un banc devant la porte de Phryné.

THÉA, *à part.*
Phryné!

UN ATHÉNIEN.
Et moi, je l'ai vu devant la demeure de Laïs; il avait pris racine comme une fleur et recevait la première rosée du jour.

THÉA, *à part.*
Et aussi Laïs!... Laquelle donc?... laquelle?...

ALCIBIADE.
C'est un fou!... Gorgias, il n'y a que toi et moi de raisonnable à Athènes. (*Des esclaves passent au fond portant un tonneau. — Tous remontent.*)

GORGIAS.
Par Bacchus! voilà la maison de Diogène que l'on vient de remplir et que l'on emporte.

ALCIBIADE.
Holà! esclaves, entrez, et buvons.

TOUS.
Buvons!

ALCIBIADE.
Des coupes pour tout le monde. (*Les esclaves distribuent des coupes.*)

ALCIBIADE, *élevant la sienne.*
A Gorgias!

TOUS, *de même.*
A Gorgias! à Gorgias!

ALCIBIADE.
Bacchanal et vive l'orgie.

TOUS.
Chantons.

ALCIBIADE.
Bacchus à la lèvre rougie.

TOUS.
Buvons.

ALCIBIADE.
Vidons par le vieux Silène
La maison de Diogène.

REPRISE.

Buvons !...

Bacchanal, etc.

ALCIBIADE, à *Gorgias*.

Quand nous aurons hâté la fin
De ce chypre, nectar divin,
Gorgias, cherche bien à la ronde,
Que n'a-t-on pas avec de l'or !
Va pour le boire, achète encor
Le monde !

REPRISE DU CHOEUR.

(*Pêle-mêle, rires, commencement d'orgie. La nuit vient progr*

ALCIBIADE.

Tout s'achète ; plaisirs, amis,
Chansons, Aspasie ou Laïs.
Et le monde ira de la sorte ;
Oui, lorsqu'un peu d'or frappera,
Danaé toujours ouvrira
Sa porte.

REPRISE DU CHOEUR.

ALCIBIADE, *un peu gris*.

A propos, Gorgias, n'avais-tu pas commandé trois statues à Phidias ?

GORGIAS, *gris*.

Oui... Aspasie, Lais, Phryné.

ALCIBIADE.

Par les trois Grâces, voilà bien les trois femmes que tu aimes, les trois belles créatures que tu as mises à la mode.

GORGIAS.

Oui.. les statues doivent être achevées. (*A Théa.*) N'est-ce pas, esclave ?

THÉA.

Non.

GORGIAS.

Allons donc !... (*Jetant une bourse à Strabon.*) Les statues ont reçu le dernier coup de ciseau, n'est-il pas vrai ?

STRABON, *serrant la bourse*.

Oui, maître.

GORGIAS.

Je le savais bien.

ALCIBIADE.

Voyons-les... (*Mouvement général pour s'approcher des statues.*)

THÉA, *se dressant devant le rideau qui les cache*.

Seigneurs, vous ne les verrez pas.

GORGIAS.

Et qui donc nous en empêchera ?

PHIDIAS, *paraissant et se plaçant devant les statues*.

Moi-même, Gorgias !

SCÈNE IV.

LES MÊMES, PHIDIAS.

TOUS.

Phidias !

PHIDIAS.

Oui... les statues sont achevées... mais je ne veux plus les vendre.

ALCIBIADE.

Et pourquoi ?

PHIDIAS.

Parce que je ne le veux plus.

GORGIAS.

Par la balance de Thémis !... je suis dans mon droit ; je les ai payées, il me les faut.

PHIDIAS.

Je te rendrai ton argent, Gorgias... et je garderai mon travail. — Mais de quel droit venez-vous tous ainsi boire et chanter dans ma demeure ?... est-ce ainsi que tu te prépares à combattre les ennemis d'Athènes, Alcibiade !... Ici, l'on ne tient pas des coupes à la main, mais des outils ! ici on ne chante pas, on pense ; on ne boit pas, on travaille !

GORGIAS.

Et comme tu as travaillé et que je t'ai payé ton travail, je le veux... J'ai des preuves qui te feront condamner par les juges. Veux-tu me livrer tes statues ?

PHIDIAS.

Jamais !... (*Rire des jeunes gens.*)

GORGIAS.

Je vais porter ma plainte. A bientôt. Phidias le rêveur.

ALCIBIADE.

Salut, Phidias.

TOUS.

Adieu, Phidias.

GORGIAS.

Ah ! tu ne veux pas que l'on boive. Amis, buvons encore une dernière coupe !... Ah ! tu ne veux pas que l'on chante. Amis chantons toujours... et vous, esclaves, achevez ce tonneau.

REPRISE DU CHOEUR.

Bacchanal et vive l'orgie !... etc.

(*Ils sortent tous en grande confusion, en riant et se heurtant. Demi-nuit, éclats de rire de Diogène à la cantonnade.*

SCÈNE V

PHIDIAS, STRABON, THÉA. (*Phidias va à la table, trouve le bouquet de Théa, le jette et s'assied*

THÉA, *à part avec un soupir*.

Pauvres petites fleurs !... Il ne vous a pas vues ! (*Ecoutant.*)

PHIDIAS.

Quelle heure ?

STRABON.

La huitième heure du jour, maître.

PHIDIAS.

Vite... ma lampe... de la lumière...

DIOGÈNE, *entrant sa lanterne à la main*.

De la lumière !... voilà .... (*Il pose sa lanterne sur la table.*)

PHIDIAS, *lui tendant la main*.

Diogène !...

STRABON, *en sortant*.

Ce pauvre Diogène !... il n'a plus que sa lanterne !

SCÈNE VI.

DIOGÈNE, PHIDIAS.

DIOGÈNE.

Tu sais ce qui m'arrive ?...

PHIDIAS.

Oui.

DIOGÈNE, *riant*.

On m'exproprie, je suis sans gîte, à la belle étoile ; je voulais m'enrôler pour combattre un peu Lacédémone à qui l'on va faire a guerre, je ne sais pas pourquoi... On m'a répondu que j'étais un chien et que les chiens étaient les seuls animaux qui n'eussent pas le droit de se faire tuer pour la patrie ; ou me refuse comme soldat et on prend Alcibiade pour chef.

PHIDIAS, *s'asseyant rêveur*.

Alcibiade !

DIOGÈNE.

C'est que je suis un chien qui mord, et qu'Alcibiade est un chien couchant. Il grandit en se faisant petit ; il s'élève à plat ventre ; les femmes le trouvent bien fait et disent aux hommes qu'il a du talent ; il rit pour faire voir ses dents et mange dans la main du riche ; oh ! les flatteurs !.. Vois-tu, Phidias, le médisant est la plus cruelle des bêtes farouches ; mais le flatteur, c'est la plus dangereuse des bêtes privées, et dire qu'il y en aura toujours !.. Tiens !... il m'est venu une idée.

PHIDIAS.

Laquelle ?

DIOGÈNE.

On devrait fonder une feuille... hebdomadaire ou quotidienne... cette feuille pourrait s'appeler Journal et serait rédigée par une certaine classe d'hommes bizarres que l'on appellerait journalistes ; — ces hommes ne laisseraient rien passer ; ils attaqueraient Aristophane et Lycurgue ; Miltiade et le peuple, les hommes et les choses ; de toute façon ce serait une excellente affaire ; car s'il disaient hautement leur avis, ils deviendraient grands, et s'ils voulaient transiger avec leur conscience, ils deviendraient riches, car le troupeau des autres hommes s'abonnerait bien vite, ainsi que le berger : le troupeau, pour faire dire qu'il aime le berger, et le berger, pour faire dire qu'il ne tond pas la laine du troupeau !.. c'est une assez bonne idée !.. on y viendra !.. on y viendra !.. en attendant je suis sans asile, et je viens te demander un coin pour dormir.

PHIDIAS.

Tiens, prends cette natte.

DIOGÈNE, *se couchant.*

Merci... Que les voleurs viennent, j'aboierai pour ta récompense.

PHIDIAS.

Il n'y a rien à voler chez moi, Diogène... rien... que mon travail, et ils vont venir!.. ils vont venir!.. (*Il pleure la tête dans ses mains.*)

DIOGÈNE.

Qui donc?

PHIDIAS.

Gorgias et les juges.

DIOGÈNE.

Ah! oui. — Gorgias, l'homme qui m'a chassé.

PHIDIAS.

Il va venir et vous serez forcées de le suivre, ô mes belles statues!

DIOGÈNE, *se soulevant un peu.*

Il y avait une fois un sculpteur nommé Pygmalion. Ce sculpteur aimait sa statue; voilà une histoire à laquelle on croira parce qu'elle est fausse. Il y avait une fois un sculpteur, nommé Phidias, qui aimait trois statues... voilà une histoire à laquelle on ne croira pas, parce qu'elle est vraie.

PHIDIAS, *vivement.*

Que dis-tu?

DIOGÈNE.

Est-ce que je ne sais pas tout! Phidias, ne cherche pas à tromper Diogène; Phidias, les esculapes ont mal guéri ta fièvre; ils te l'ont laissée dans le cœur.

PHIDIAS.

Eh bien!... oui!... Laïs!... Aspasie!... Phryné!.. femmes ou statues, je vous aime; mon ciseau vous a donné une seconde vie; il vous a immortalisées. Tiens!... nous sommes bien seuls, Diogène, tu vas les voir. (*Il tire le rideau; et trois statues apparaissent éclairées par les rayons de la lune.*)

DIOGÈNE, *se levant.*

Par Apollon!... c'est sublime!...

PHIDIAS.

Qu'elles sont belles!...vois, Diogène, elles semblent vivre, oui, elles vivent, et mon génie qui les a créés n'a rien omis en elles...

DIOGÈNE.

Oui, voilà de bien belles filles de marbre, Phidias! voilà de belles filles de marbre!

PHIDIAS.

Non!... elles sont femmes et je les aime!... Oui, oui, travail de mes jours, rêves sans sommeil de mes nuits; je ne travaillerai plus, je briserai l'outil qui vous a fait naître; car vous êtes mes chefs-d'œuvre et j'ai laissé mon génie endormi à jamais dans chaque pli de vos robes blanches, dans chaque ligne de vos pâles visages... Vivez!... aimez!... appartenez-moi comme je vous appartiens; on ne vous aura pas, on ne peut vous acheter, créations de l'artiste; non, non, on n'achète pas le génie, on n'achète pas l'amour.

DIOGÈNE.

Tu te trompes! on achète tout dans ce monde, et ce sera encore comme ça dans deux mille ans et plus. Bonsoir, j'ai sommeil. (*Il s'étend sur sa natte et s'endort. Bruit de voix au dehors. Phidias tire vivement le rideau.*)

SCÈNE VII.

PHIDIAS, DIOGÈNE *endormi,* GORGIAS, ALCIBIADE, JEUNES GENS, GARDES, SERVITEURS.

GORGIAS, *un rouleau de papyrus à la main.*

C'est moi, Phidias, voici qui prouve que je t'ai payé, car tu le reconnais toi-même. La loi me rend mon bien, mes statues... je les veux.

PHIDIAS.

Jamais.

GORGIAS.

Esclaves, saisissez cet homme! (*On saisit Phidias qui se débat.*)

PHIDIAS.

À moi... à moi...

GORGIAS, *à d'autres esclaves.*

Et vous, emportez mon bien. (*Les esclaves tirent le rideau et s'apprêtent à emporter les statues.*)

PHIDIAS, *s'échappant de leurs mains et se plaçant devant les*

statues.

Arrêtez! Gorgias... je t'en conjure... oui, tu es le plus fort... oui, la loi te donne raison... mais par les dieux, par ta mère, laisse-moi mon travail, je te rendrai ton argent... mais grâce pour elles, grâce pour moi.

GORGIAS.

Comment pourrais-tu me payer? Tu n'as pas une obole. (*Aux esclaves.*) Faites ce que j'ai dit.

THÉA, *sortant de la foule des Athéniens et se précipitant en scène.*

Arrêtez!

GORGIAS.

Que veux-tu?

THÉA.

Gorgias... oui, Phidias est pauvre; mais il a une esclave; écoute, je suis jeune et forte, laisse-lui son œuvre et achète-moi, Gorgias; je me vends, prends-moi, me voilà! (*Elle tombe à genoux devant Gorgias.*)

GORGIAS.

Toi! pauvre folle, tu ne vaux pas seulement cinquante drachmes... Allons, arrière, laisse-moi. (*Théa se relève, gagne la porte au premier plan, à gauche, adresse un dernier regard à Phidias, et sort.*)

UN ATHÉNIEN.

Gorgias a payé, il a raison.

LES AUTRES.

Oui, oui...

DIOGÈNE, *se soulevant, nuit complète.*

Ah çà! on ne peut donc pas dormir ici?

TOUS.

Diogène!

GORGIAS.

Toi, ici?... Tu vas nous mettre d'accord.

DIOGÈNE.

Parfaitement! il faut d'abord savoir qui les statues veulent suivre. (*On se regarde avec étonnement.*)

TOUS.

Il est fou.

DIOGÈNE, *se levant et allant prendre sa lanterne qu'il avait déposée en entrant sur la table à gauche.*

Pas du tout. Faites tous deux valoir vos droits; ma lanterne s'appelle la vérité. J'éclairerai les filles de marbre, et vous, Athéniens, soyez juges. Allons, Phidias, allons, Gorgias... (*Il se place en face des statues, élevant sa lanterne dont la lueur frappe les trois visages. Musique.*)

PHIDIAS.

Eh bien, soit! (*S'adressant aux statues.*) Laïs, Aspasie, Phryné, je suis Phidias... vous me devez la vie, et je vous aime; vous le savez, je suis pauvre.

DIOGÈNE.

Mauvais moyen, Phidias, mauvais moyen.

PHIDIAS.

Je suis pauvre et je n'ai que vous. Restez près de celui à qui vous devrez votre gloire et votre immortalité. (*Les statues demeurent immobiles.*)

GORGIAS.

À moi!... (*S'adressant aux statues.*) Je suis Gorgias, le bourgeois d'Athènes; je suis riche à moi seul comme tous les rois de l'Asie, et je vous offre des palais tout pavés d'or. Aspasie, Laïs, Phryné, qui choisissez-vous? (*Les statues tournent la tête et sourient à Gorgias.*)

PHIDIAS, *poussant un cri.*

Ah! (*Il couvre son visage de ses mains. Les Athéniens parlent entre eux avec stupéfaction.*)

GORGIAS.

Par tous les dieux! j'ai cru voir les statues remuer les lèvres pour me sourire.

DIOGÈNE.

Je vous reconnais bien là, ô filles de marbre! courtisanes du passé, courtisanes de l'avenir. (*Il se couche.*)

LA VOIX DE THÉA, *dans le lointain.*

La déesse a dit : Aime encore
De tout cet amour qu'il ignore.
　　　　Enfin,
Puisque les fleurs viennent de naître,
Cueillons... il les verra peut-être
　　　　Demain!

(*Phidias est anéanti.—Gorgias sourit. — Les esclaves se disposent à en-*
lever les statues.)

ACTE II.

A Madrid, 1853.

SCENE PREMIÈRE.

JULIETTE, FOEDORA, FRANCIS, Plusieurs jeunes gens.

(*Fœdora, Francis et Juliette sont en tenue de ville ; ils sont as-*
sis à gauche ; les autres jeunes gens sont aux autres tables en
dehors des bosquets. Un jeune homme est debout au lever du ri-
deau, au fond, et s'adresse à la cantonade, côté gauche du pu-
blic.)

LE JEUNE HOMME.

Promenez-le un peu. (*Il va à la dernière table en dehors et*
donne des poignées de main aux autres qui sont attablés.)

UNE VOIX DANS LES BOSQUETS.

Frédéric !... (*Un domestique qui se promenait de long en large*
du côté gauche se dirige vers les bosquets, puis sort ensuite par
le fond. Un garçon sort des bosquets et rentre dans la maison
au fond.)

FRANCIS, à *Fœdora, continuant une conversation commencée.*
Et avez-vous gagné...

FOEDORA.

Oui, mais une vingtaine de louis seulement.

FRANCIS.

Pour qui aviez-vous parié ?

FOEDORA.

Pour Emilie à lord Prigthon.

JULIETTE, à *Francis.*
Est-ce que vous n'aviez pas de chevaux engagés, vous ?

FRANCIS.

Non, je ne fais plus courir. Vous ne savez pas ce que je fais
de mes fonds à présent ?

JULIETTE.

Non.

FRANCIS, *riant.*
Je subventionne un théâtre.

FOEDORA, *riant.*
Oh ! la mauvaise affaire !...

UN DES JEUNES GENS, *aux tables du fond, au garçon, qui passe*
avec une longue boîte.
Donnez-moi donc un cigare, garçon ! (*Le garçon s'approche.*)

FOEDORA.

Ah ! vous ne savez pas ! le jokey de Mauléon a fait une
chute terrible l'autre jour.

FRANCIS, *allumant une cigarette.*
Vraiment ?

JULIETTE.

Oui ; même que cet imbécile-là m'a fait perdre 500 francs.

FRANCIS.

Comment ?

JULIETTE.

J'avais parié qu'il s'était cassé le cou.

FRANCIS.

Eh bien ?...

JULIETTE, *avec humeur.*
Eh bien, je vous dis que j'ai perdu.

FOEDORA.

Francis, avez-vous vu Marco ces jours-ci ?

FRANCIS.

Je l'ai entrevue hier à l'Opéra.

JULIETTE.

Avez-vous été lui dire bonsoir ?

FRANCIS.

Ma foi non. Il y avait un tas de gens dans sa loge ; des pein-
tres, des hommes de lettres.

FOEDORA.

Quelle drôle de fille !...

JULIETTE, *avec indulgence.*
Ah ! dame, écoute donc ; Marco en a besoin. (*En ce moment*
on voit passer de droite à gauche un palefrenier portant une selle.
Un monsieur sort par le fond et se croise avec un autre qui entre
et qui monte dans le restaurant.)

SCÈNE II.

Les Mêmes, MARCO, JOSÉPHA, *en amazones,* MAULEON *et*
JULIAN, *en habit de cheval.*
JULIAN, *donnant le bras à Josépha, paraissant le premier ; à John*
qui reste sur le seuil de la porte.

John, emmenez les chevaux ; nous prendrons la calèche pour
retourner à Paris. (*John s'incline et sort, Julian prend un cigare*
au passage du garçon, Marco paraît au bras de Mauléon.)

JULIETTE.

Ah ! voilà Julian avec Josépha.

JULIAN, à *Francis.*
Tiens ! bonjour... (*Saluant.*) Mesdames !...

FOEDORA.

Quel est donc ce monsieur qui donne le bras à Marco ?

FRANCIS.

C'est Mauléon, un agent de change. Je le crois amoureux de
notre belle prima donna. (*On rit. Josépha est venu s'asseoir à la*
première table auprès du bosquet de droite.)

JOSÉPHA, *assise.*
Dieu ! que je suis lasse ! tout le bois à franc-étrier. Cette Marco
a le diable au corps. (*Mauléon et Marco sont descendus lente-*
ment.)

MAULÉON.

En vérité, vous avez été adorable dans la représentation
de jeudi ; d'honneur, on ne chante pas comme ça.

MARCO, *s'asseyant après avoir fait un petit signe de la main aux*
gens du bosquet. A Mauléon.
Vous savez que ce n'est pas aimable du tout, ce que vous me
dites là.

MAULÉON, *se défendant.*
Oh ! vous ne me comprenez pas.

JULIAN.

Eh ! si, on te comprend ; et la preuve c'est que Marco se mo-
que de toi.

MAULÉON.

Comment ?...

JOSÉPHA, à *Julian.*
Appelez donc le garçon ; je meurs de soif.

JULIAN.

Garçon ! (*Continuant.*) Eh ! sans doute, mon cher, tu tournes
au madrigal, au bouquet à Chloris, aux mille fleurs, et ces
dames n'aiment pas ça... Que diable ! on doit attendre autre
chose d'un agent de change. (*Le garçon entre dans le bosquet.*)

JOSÉPHA, *se levant.*
Ah ! à propos, mon petit Mauléon, il faut que vous signiez ma
liste... et vous aussi, monsieur Francis.

JULIAN.

Ah ! voyons, Josépha ! on ne fait pas d'affaires ici ; allez à la
Bourse ou devant Tortoni.

JOSÉPHA.

Monsieur Julian, vous ne savez ce que vous dites ; c'est pour
une bonne action, et on en fait partout.

JULIAN, *riant.*
Ne dites donc pas de farces, Josépha.

JOSÉPHA.

Plaît-il ?... (*Souriant.*) Monsieur Mauléon... combien met-
trai-je ?...

MAULÉON.

Mettez dix francs...

JOSÉPHA.

Voilà !... Ah ! mon Dieu ! j'ai mis un zéro de trop !

MAULÉON.

Oh ! laissez-le puisqu'il y est.

JOSÉPHA, *passant à gauche.*
C'est très-gentil !... Et vous, monsieur Francis...

FRANCIS.

La même chose, mais n'ajoutez rien cette fois !

JOSÉPHA.

Que ce Julian est insolent, quand j'y pense !

JULIAN, *riant.*

Tiens, cette réflexion...

MARCO.

Le fait est qu'il abuse un peu de la permission qu'on lui laisse de tout dire.

JULIAN.

Que voulez-vous ! ça me réussit.

JOSÉPHA, *elle s'assied près de Francis.*

Le fat !

FRANCIS.

Il dit vrai, mesdames, et ma foi ! c'est bien votre faute, vous le gâtez trop.

JOSÉPHA.

Et il mord les mains qui le flattent.

JULIAN.

C'est exprès... vous n'aimez que ces gens-là ; demandez à Desgenais.

MARCO.

Notre Diogène !... ah ! ma foi !... il m'amuse, lui.

JULIAN, *à Josépha.*

Vous voyez ?

JOSÉPHA.

Oui, mais Desgenais a presque de l'esprit, au moins...

JULIAN.

Eh bien, moi, je ne suis que presque bête. (*Fredonnant la fin de l'air de Joseph.*)

> Combien de femmes dans ce monde
> Ne pourraient pas en dire autant.

JOSÉPHA, *se levant avec colère.*

Est-ce pour moi que vous dites ça ?...

JULIAN, *riant.*

Mais non, mais non. Quelle querelleuse que cette Josépha !

JOSÉPHA.

Non, mais c'est que vous avez toujours l'air de me mécaniser, et je n'aime pas ça, moi...

JULIAN.

Qu'est-ce que c'est que ce mot-là ! (*Riant.*) Depuis que Marco l'a fait entrer dans les chœurs des Italiens, Josépha se croit dispensée de parler français.

JOSÉPHA.

Oh ! les mots n'y font rien... mais Marco a raison... vous abusez des bontés que l'on a pour vous.

JULIAN.

Vous appelez ça des bontés ?

MAULÉON.

Comment !... aurais-tu été assez heureux pour toucher le cœur de la charmante Josépha ?

JULIAN.

Non, non, il n'est pas question de ça.

JOSÉPHA.

Plaît-il ?

JULIAN, *riant.*

Rien, rien...

FRANCIS.

Allons, je vois que tu es un ingrat, Julian.

JULIAN, *se levant et passant au milieu.*

Oh ! messieurs, ne parlons pas d'ingratitude devant ces dames.

MARCO, *avec nonchalance.*

Pourquoi ?

JULIAN.

Parce qu'il ne faut pas parler de corde devant un pendu. (*Marco sourit et hausse les épaules.*) Vous souriez, Marco. Voyons, franchement, aimez-vous ceux qui se ruinent pour vous plaire ? accordez-vous une fleur de votre bouquet à celui qui soupire, une larme à celui qui meurt ?

MARCO, *raillant.*

Ecoutez ! écoutez !

JULIAN.

Pardieu je vous connais ! et je le répète, vous êtes les muses de l'ingratitude, et c'est bien fait pour l'humanité... ça lui apprendra à vous croire bonnes sous prétexte que vous êtes belles.

MARCO, *bâillant.*

Décidément, j'aime encore mieux Desgenais.

JOSÉPHA, *toujours en colère.*

Mais enfin, voyons...

MARCO.

Oh ! assez, hein ?

JOSÉPHA.

Non, car ça me révolte ça. (*On rit.*) Si nous sommes si mauvaises que vous le dites, pourquoi nous recherchez-vous ? Pourquoi venez-vous à nos bals, à nos fêtes ?

JULIAN.

Parce que j'aime le bruit et les lumières.

MARCO.

Mais si nous sommes si dangereuses, ne craignez-vous pas pour votre cœur, pour votre repos ?

JULIAN.

Non, non, je suis assuré.

MARCO, *riant.*

Prenez garde !

JULIAN, *se rapprochant d'elle.*

Je vous en défie !

MARCO, *le regardant fixement.*

Eh bien ! (*Reprenant sa pose nonchalante.*) Ah ! bath, non, il fait trop chaud ! (*On rit.*)

MAULÉON.

Belle Marco, toujours aussi indifférente ?

JULIAN.

Puisque je vous dis que Marco n'aime rien.

MARCO.

Plaît-il ?

JULIAN.

Ah ! si !... pardon ! (*A demi-voix aux autres.*) J'oubliais la chanson.

TOUS.

Quelle chanson ?

JULIAN.

Une chanson sur Marco.

MARCO.

Hein ? Ah ! oui des méchancetés en vers...

JULIAN.

Précisément !

MARCO.

Oh ! chantez-la, allez !

JULIAN.

Vous le voulez ?...

MARCO.

Oui !... oui !...

TOUS.

Oui !... oui !... chantez !... il n'y a personne.

JULIAN, *à cheval sur une chaise au milieu ; Juliette, Josépha et Fœdora, groupées autour de lui.*

Premier couplet !...

Air nouveau de Montaubry.

> Aimes-tu, Marco la belle,
> Dans les salons tout en fleurs,
> La joyeuse ritournelle
> Qui fait bondir les danseurs ?
> Aimes-tu dans la nuit sombre,
> Le murmure frémissant,
> Des peupliers qui dans l'ombre
> Chuchottent avec le vent ?

> . . . .

> Non, non, non, non,
> Marco, qu'aimes-tu donc ?
> Ni le chant de la fauvette ?
> Ni le murmure de l'eau ?
> Ni le cri de l'alouette ?...
> Ni la voix de Roméo ?...

(*Bruit de pièces d'or.*)

> Non, voilà ce qu'aime Marco.

(*Julian se lève et se rapproche de Marco, les autres personnages versent du champagne.*)

II.

> Aimes-tu les chants de joie
> De l'orgie ardent signal...
> Lorsque la raison se noie
> Dans les coupes de cristal ?
> Aimes-tu les orgues saintes

Jetant leurs divins accents
Qui ressemblent à des plaintes
Et montent avec l'encens?...
Non, non, non, non,
Marco, qu'aimes-tu donc?
Ni le chant de la fauvette?
Ni le murmure de l'eau ?...
Ni le chant de l'alouette ?...
Ni la voix de Roméo ?...

(Bruit de pièces d'or.)

Non, voilà ce qu'aime Marco.

(Julian remonte un peu vers le fond.)

MARCO.

Julian !... mais il doit y avoir un troisième couplet à cette chanson-là ?

JULIAN.

Parbleu !... Garçon !... du champagne !... et le troisième couplet.

Aimes-tu quand tu t'égares
Dans les profondeurs des bois,
Les éclatantes fanfares
Suivant le cerf aux abois ?...
Aimes-tu quand la nuit gagne
La grande voix du clocher
Aux troupeaux, dans la campagne,
Disant de se dépêcher ?
Non, non, non, non.
Marco, qu'aimes-tu donc ?

MARCO, *se tournant vers Julian.*

Ni le chant de la fauvette,
Ni le murmure de l'eau,
Ni le cri de l'alouette,
Ni la voix de Roméo.

(Bruit de pièces d'or.)

TOUS.

Non, voilà ce qu'aime Marco.

TOUS.

Bravo ! bravo !... L'auteur?

JULIAN.

L'auteur désire garder l'anonyme. ,, C'est moi, Marco.

TOUS, *riant.*

Ah! ah! ah !

SCENE II.

LES MÊMES, LE COMTE. (*Un monsieur est avec lui. Ils entrent en causant. — Le Comte a dit un mot à son domestique, qui s'incline et entre dans la maison.*)

JOSÉPHA, *bas à Marco.*

Dis donc, Marco, voici monsieur le comte de Fresnes.

MARCO, *sans se déranger.*

Eh bien?

JOSÉPHA.

Il a à te parler, peut-être.

MARCO.

Non.

JOSÉPHA.

Mais ces messieurs qui sont là...

MARCO.

Qu'importe !

JOSÉPHA.

Comment !

MARCO.

Ma chère, monsieur le comte est un homme sérieux et bien élevé ! (*Le Comte, qui causait avec la personne qui l'accompagne, aperçoit Marco.*)

LE COMTE, *au monsieur.*

Pardon !... (*Il s'avance vers Marco le chapeau à la main, après avoir salué légèrement les autres.*)
Mademoiselle Marco, je suis heureux de vous rencontrer !... Vous avez été souffrante, m'a-t-on dit?

MARCO.

Oui, monsieur le comte, mais je vais mieux.

LE COMTE.

Je me suis présenté hier à votre hôtel, mais vos gens m'ont dit que vous reposiez...

MARCO.

En effet, et je vous remercie, monsieur le comte. (*Mauléon s'est levé; il offre sa chaise au Comte.*)

LE COMTE, *souriant et très-froidement*

Mille grâces !... je suis en compagnie !... (*Il salue très-profondément, rejoint le monsieur, et entre avec lui dans la maison.*)

SCÈNE III.

LES MÊMES, *moins le Comte, puis* DESGENAIS.

JOSÉPHA, *à demi-voix.*

Il est charmant !... Quel dommage que nous n'ayons pas pu le garder un peu !

MARCO, *avec un sourire*

D'où sors-tu donc, Josépha?

JOSÉPHA.

Mais...

JULIAN.

Marco vous a dit que monsieur le comte était un homme sérieux.

JOSÉPHA.

Eh bien !

JULIAN.

Eh bien, voilà !... comprenez si vous pouvez !

JOSÉPHA.

Je ne peux pas. (*On rit.*)

JULIAN.

Ça ne fait rien; tenez, un verre de champagne !... (*Il verse.*)

DESGENAIS, *qui est entré.*

Du champagne !... j'en suis !...

TOUS.

Desgenais !...

DESGENAIS.

Mesdames. je vous salue. (*Donnant une poignée de main à Julian.*) Bonjour, cher !... (*Aux autres.*) Messieurs !...

JULIAN, *se levant et allant serrer la main de Desgenais. — A Francis et à Mauléon.*

Messieurs, je vous présente mon ami Desgenais, rédacteur en chef de...

DESGENAIS.

Lâche le mot, appelle-moi journaliste, c'est un titre, pardieu !... Vive le feuilleton ! ce binocle intelligent, ce creuset de tout ce qui s'appelle génie, talent, esprit, gloire, fantaisie. (*Au public en saluant.*) La Lanterne indépendante, journal de tout le monde, 40 fr. par an, 48 fr. pour les départements,

TOUS, *riant.*

Bravo la réclame ! bravo!

MARCO.

Vous venez du bois?

DESGENAIS.

Ma foi, oui !... je fais du genre à l'heure; tout Paris est au bois aujourd'hui, des carrosses superbes; des femmes charmantes, des hommes très-bien, des jockeys diaphanes, et le soleil d'avril sur tout ça... quel article !... le premier rayon de l'année !... J'ai trois colonnes au moins.

JOSÉPHA.

Nous parlions de vous tout l'heure.

DESGENAIS.

Vraiment?

JOSÉPHA.

Dites donc, Desgenais, vous savez que je vous aime toujours.

DESGENAIS.

Pardon ; est-ce moi que vous aimez ou mon journal?

JOSÉPHA.

C'est bête, ce que vous dites là, Desgenais ; jusqu'à présent je vous avais cru de l'esprit

DESGENAIS.

Ça ne m'étonne pas, j'y ai été trompé moi-même ; mais c'est égal, je ne vous oublierai pas dans mon feuilleton de lundi... Mademoiselle Josépha, une artiste de talent qui a un million dans le gosier et quatre dans les yeux, ce qui fait qu'elle sourit plus touvent qu'elle ne chante!

JOSÉPHA.

Eh bien, avisez-vous de dire ça. (*On rit.*)

DESGENAIS.

C'est déjà envoyé à l'imprimerie,

MARCO.

Quel fou que ce Desgenais !

JOSÉPHA.

Dis qu'il est méchant !

DESGENAIS.

Je le crois bien que je suis méchant, et je m'en flatte : la mo-
ancété, c'est ce qui distingue l'homme de la brute.

JOSÉPHA.

Pourtant...

DESGENAIS.

Tout le monde est méchant, les bons eux-mêmes, puisqu'en
faisant le bien, ils contrarient ceux qui ne le font pas. (*On rit*.)
A votre santé, messieurs.

JULIAN, *levant son verre*.

Aux belles infidèles !

DESGENAIS.

Alors permettez ; il faut faire revenir du champagne. (*On rit*.)

TOUS.

Oui ! oui !

DESGENAIS, *appelant*.

Garçon !...

SCÈNE IV.

Les Mêmes, MARIE, Un Garçon de café. (*Marie est entrée de
puis une minute.*)

MARIE, *arrêtant un garçon qui passe*.

Monsieur, pourriez-vous m'indiquer le chemin de la charité ?

DESGENAIS.

Garçon, du champagne !...

LE GARÇON.

Voilà, monsieur. (*Il sort sans répondre à Marie.*)

DESGENAIS, *l'apercevant*.

Tiens, cette petite ; elle est jolie, on dirait la Mignon de Gœthe...

JULIAN.

Oui, en effet...

MARCO.

Que cherche-t-elle donc ?

JULIAN.

Voulez-vous que je le lui demande ?

MARCO.

Oui.

JULIAN, *à Marie qui cherche encore à qui s'adresser*.

Dis donc, petite, viens donc ici. (*Marie regarde étonnée et ne
bouge pas.*)

DESGENAIS, *allant au devant elle*.

Ne faites pas attention, mon enfant, si monsieur vous a tutoyée,
c'est qu'il vous a prise pour une de ses parentes. (*On rit*.)

MARCO.

Vous demandiez quelque chose ?

MARIE, *descendant*.

Oui, madame, je demandais la charité.

MAULÉON, *riant*.

Ah ! (*Il fouille à sa poche.*)

DESGENAIS, *l'arrêtant*.

Attendez donc, monsieur l'homme de bourse... (*A Marie qui
s'est reculée sur le mouvement de Mauléon.*) La charité, dites-vous ?

MARIE.

Oui, monsieur ; j'ai une lettre pour une des sœurs.

DESGENAIS.

Ah ! très-bien ! (*En riant à Mauléon.*) Gardez vos médailles.

MARCO, *à Marie*.

Est-ce que vous êtes malade, mon enfant ?

MARIE.

Non, madame, mais je l'ai été très-loin d'ici, et à l'hospice où
j'étais on m'a donné une lettre de recommandation qui doit me
procurer une place ou de l'ouvrage.

MARCO, *à sa société*.

Elle est charmante... (*A Marie.*) Comment êtes-vous venue
jusqu'ici?...

MARIE.

C'est un voiturier qui m'a amenée ; mais ce n'était plus sa
route, et il m'a laissée là-bas, à un pont...

MARCO.

Pauvre petite !.. voulez-vous venir avec moi ?

MARIE.

Oh ! je vous remercie, madame ; mais on m'a bien recom-
mandé d'aller là-bas.

MARCO.

Je pourrais vous être utile.

MARIE, *timidement*.

Merci, madame... j'aime mieux aller là-bas.

MARCO, *souriant*.

Alors ! allez là-bas ; mais il ne faut pas y aller à pied.

MARIE.

Oh ! ça ne fait rien.

MARCO.

Je ne le veux pas. (*A John qui est à quelque distance.*) John,
faites avancer la voiture, et...

DESGENAIS.

Pardon, pardon... (*A John.*) Faites avancer a mienne. (*John
sort.*)

MARCO.

Mais...

DESGENAIS.

Cette enfant m'intéresse, Marco, et, dame, cette jolie voiture,
ces coussins moelleux... on ne sait pas, ça n'aurait qu'à lui
porter bonheur.

MARCO.

Monsieur Desgenais !...

DESGENAIS.

La lanterne indépendante, madame.

JOHN.

La voiture est avancée.

DESGENAIS.

Allez, mon enfant, allez...

MARIE.

Merci, monsieur !

MARCO.

Adieu, ma petite.

MARIE.

Adieu, madame... (*Elle sort avec John.*)

SCÈNE V.

Les Mêmes, *moins MARIE*.

DESGENAIS, *après l'avoir suivie de l'œil, descend en scène.*

Elle est gentille, n'est-ce pas ?

MAULÉON.

Elle est charmante !

MARCO.

Monsieur Desgenais, vous m'avez fait de la peine.

DESGENAIS, *riant*.

Ah ! je ne croirai jamais ça, par exemple !

JOSÉPHA.

C'est extraordinaire cela ; mais comment donc nous ju_ ez-
vous, messieurs?

JULIAN, *riant*.

Avec indulgence.

JOSÉPHA.

Nous avons le cœur très-bien placé, entendez-vous ?

DESGENAIS.

A sept et demi ?

JOSÉPHA.

Je porte beaucoup d'intérêt à mes amis, et vous ?

DESGENAIS.

Moi, je porte de la flanelle. (*On rit*.)

JOSÉPHA.

Vous êtes insupportable !

* Marco Desgenais, Josépha, Mauléon.

DESGENAIS.

Ecoutez, ma belle Josépha... je ne parle pas agriculture avec
un tonnelier, mécanique avec un vigneron, bataille avec un
apothicaire... je ne dois donc pas parler sentiment avec vous

JOSÉPHA.

Prenez garde, Desgenais.

DESGENAIS.

Désabonnez-vous si vous voulez ; mais je ne puis mentir à
mon frontispice : la lanterne indépendante ! sacrebleu !... (*On
rit*.)

MARCO, *riant.*

Ah! ah! ah!... ma parole!... je voudrais entendre parler Desgenais pendant quinze jours de suite.

DESGENAIS.

Il ne faudrait pas m'en défier.

SCÈNE VI.

LES MÊMES, RAPHAEL.

RAPHAEL. (*Il a un livre à la main, à lui-même.*)

Cette enfant a vraiment une tête de vierge! Je suis bien sûr de m'en souvenir. (*A un garçon qui passe.*) Garçon, de la bière!

DESGENAIS, *se retournant.*

Eh! mais je ne me trompe pas, c'est Raphaël!

RAPHAEL.

Desgenais! (*Ils se serrent la main.*)

DESGENAIS, *le présentant.*

Raphaël Didier, un vieux compagnon de misères, quand nous apprenions à devenir riches.

RAPHAEL, *saluant.*

Messieurs, mesdames!... (*Apercevant Marco.*) Oh! qu'elle est belle! (*Marco salue à peine; les autres en font autant.*)

JOSÉPHA, *bas à Desgenais.*

Desgenais! Il est bien gentil, votre ami Raphaël! Joli profil. D'où vient-il?

DESGENAIS.

Le profil?... Il vient du grec. (*Il quitte Josépha et va auprès de Raphaël qu'il tire à l'écart.*)

RAPHAEL, *riant du salut de Marco.*

Tudieu! quels grands airs!... Quelle est cette dame?

DESGENAIS.

Cette dame, c'est mademoiselle Marco, artiste du Théâtre Italien.

RAPHAEL.

Elle a une tête adorable, mais... (*riant*) elle la porte un peu trop haut.

DESGENAIS.

Ah! dame elle a vu tout de suite que tu ne venais ni de la Bourse ni du Club.

RAPHAEL, *riant.*

Ah! pour être de ses amis il faut donc...

DESGENAIS.

Il faut prendre ses habits chez Ferenbach, ses gilets chez Dusantoy, ses pantalons chez Renard, son linge chez Longueville, ses chapeaux chez Pinaud et son esprit chez le changeur.

RAPHAEL.

Diable! c'est une amitié qui coûte cher!

DESGENAIS. (*Ils s'asseyent à gauche.*)

Ah! je t'en réponds! mais parlons de toi, de nous. (*Lui prenant la main.*) Ce cher Raphaël! y a-t-il longtemps que je ne t'ai vu! Ah çà, que fais-tu?

RAPHAEL.

J'arrive de Rome, où je suis resté trois ans comme premier grand prix de l'Institut.

DESGENAIS.

Ah! bah!

RAPHAEL.

Je suis sculpteur... j'ai exposé cette année... le gouvernement m'a acheté mon Hébé... Je suis très-heureux. (*Avec sentiment.*) J'ai encore ma mère.

DESGENAIS.

Bon Raphaël! Et ta fortune?

RAPHAEL, *gaiement.*

J'ai placé dix mille francs, il y a un mois, et j'ai payé mon terme ce matin. Et toi, que fais-tu?

DESGENAIS.

Moi... je fais les autres... je suis journaliste! et où demeures-tu que j'aille te serrer la main?

RAPHAEL.

Rue de l'Abbaye, 23, une ancienne maison de religieux, de vieux arbres moussus et des murs tapissés de lierre au fond d'une grande cour où l'on a laissé croître l'herbe depuis l'édit de Nantes. C'est à donner envie de se faire moine.

DESGENAIS.

Ta mère est avec toi?

RAPHAEL.

Oui, oui. Elle a la plus belle chambre; moi, j'ai un atelier magnifique, et pour dormir une mansarde avec un rayon de soleil.

DESGENAIS.

Enfin, tu es heureux?

RAPHAEL.

Très-heureux.

DESGENAIS.

Tant mieux, sacrebleu! tant mieux; économise bien ton bonheur, ami, et prends garde qu'on ne te le vole.

RAPHAEL.

Oh! il n'y a pas de danger; ma mère fait sentinelle!

DESGENAIS. (*Ils se lèvent.*)

Tu es un brave garçon. (*Il l'embrasse, Marco éclate de rire.*

DESGENAIS, *avec un mouvement*

Ah!...

RAPHAEL.

Qu'as-tu donc?

DESGENAIS, *riant.*

Rien!... rien... mais au moment où nous parlions de ton bonheur, le rire de cette femme.

RAPHAEL, *riant.*

Eh bien?

DESGENAIS.

Une folie. (*S'approchant de Marco qui rit toujours.*) De quo riez-vous, belle Marco?

MARCO.

Pardon!... c'est que monsieur Desgenais ne nous avait pas ait connaître encore sa sensibilité.

DESGENAIS.

Écoutez donc, je la garde pour les bonnes occasions. (*Il serre la main de Raphaël.*)

MARCO.

Méchant. Toujours le même.

DESGENAIS.

On ne change pas à notre âge, Marco.

JOSÉPHA, *se levant.*

Ah çà, messieurs, vous savez que vous dînez chez moi? Monsieur Desgenais, vous êtes des nôtres?

DESGENAIS, *montrant Raphaël*

Mais?...

JOSÉPHA.

Et votre ami aussi?...

RAPHAEL.*

Oh! pardon, madame, mais on m'attend...

JOSÉPHA, *riant.*

Qui ça?... votre maman?

RAPHAEL, *sérieux.*

Précisément, madame!

JOSÉPHA.

On l'enverra prévenir!... Voyons! ne nous quittez pas, je vous en prie.

RAPHAEL.

Madame... en vérité?

DESGENAIS.

Refuse!... refuse!

RAPHAEL, *bas en riant.*

C'est bien difficile.

ULIAN.

Voyons, messieurs, partons! (*Appelant.*) John, les voitures!

DESGENAIS.

Raphaël, prends garde à ton cœur! prends garde à Marco!

RAPHAEL, *souriant.*

Oh! ne crains rien.

DESGENAIS.

Dieu le veuille!

JOHN, *entrant et annonçant.*

Les calèches! (*On se dispose à partir. Josépha va prendre le bras de Raphaël; Marco passe négligemment le sien dans celui du jeune homme, et éclate de rire au nez de Josépha.*)

JOSÉPHA, *à Marco.*

Histoire de contrarier; je te reconnais bien là!

MARCO, *riant.*

Tout le monde est méchant, c'est Desgenais qui l'a dit ! (*A Raphaël.*) Monsieur, vous avez un nom d'un heureux augure pour un artiste... (*Ils remontent.*)

JOSÉPHA. (*Elle a pris le bras de Francis.*)

Ce pauvre monsieur de Mauléon, il va être désolé, lui qui aime tant Marco.

FRANCIS.

Lui ! Depuis une heure il ne me parle que de pesage de jockeys. (*Ils remontent.*)

JULIAN, *allumant son cigare à celui de Mauléon.*

Qu'est-ce qu'on a fait à la Bourse aujourd'hui ?

MAULÉON.

Soixante-cinq de hausse.

DESGENAIS, *regardant sortir Raphaël et Marco.*

Sacrebleu, je ne sais pas, mais je crois que Raphaël aurait bien fait de rester à Rome. Enfin... (*Il s'élance derrière les autres et salue en passant de Fresnes qui lorgne avec distraction Marco et Raphaël, qui sortent par la gauche.*)

ACTE III.

L'atelier de Raphaël.

Au fond, une porte donnant sur une cour plantée d'arbres, dont on voit le sommet au travers de hautes fenêtres placées au-dessus et qui éclairent l'atelier.

SCÈNE PREMIÈRE.

RAPHAEL, Mme DIDIER. (*Raphaël est assis à droite, la tête dans ses mains, devant un bloc de terre dégrossi. Mme Didier est assise à gauche ; le travail qu'elle tenait s'est échappé de ses mains. Elle regarde Raphaël et essuie une larme. Moment de silence.*)

RAPHAEL, *à lui-même avec passion.*

O Marco ! Marco !... Dangereuse syrène... créature bizarre, dont les yeux sont ici et le geste là-bas, dont la pensée est tout près... et le cœur... Ah ! Marco, où est-il ton cœur ? (*Mme Didier s'est levée tout doucement et s'est approchée de Raphaël.*)

Mme DIDIER, *lui touchant l'épaule.*

Raphaël ! Raphaël !

RAPHAEL, *se réveillant.*

Plaît-il, ma mère ?

Mme DIDIER.

Tu ne travailles donc pas ?

RAPHAEL.

Mais non, je pensais...

Mme DIDIER, *avec douceur.*

A quoi ?

RAPHAEL, *avec impatience.*

Mais... à ma statue..

Mme DIDIER.

Raphaël, ne me brutalise pas...

RAPHAEL, *la prenant dans ses bras.*

Ma mère !...

Mme DIDIER.

Dis, qu'as-tu, mon enfant ? est-ce que tu souffres ?

RAPHAEL, *s'efforçant de sourire.*

Non, non, ma mère ?

Mme DIDIER.

Pourquoi rêves-tu le jour ? Pourquoi ne dors-tu plus la nuit ?

RAPHAEL.

Mais, vous vous trompez... tu te trompes, mère.

Mme DIDIER.

Non, mon enfant, car chaque nuit je veille aussi, moi, et chaque nuit je vois de la lumière dans ta chambre, et quand j'écoute à ta porte, je t'entends marcher.

RAPHAEL.

Je vais te dire, mère... je... je prépare... j'ai une grande idée !.. et... vous comprenez ?... cela me donne la fièvre.

Mme DIDIER.

Non, mon ami, ce n'est pas ton travail qui trouble ton sommeil maintenant... c'est autre chose.

RAPHAEL.

Mais... je t'assure...

Mme DIDIER.

Écoute... il s'est passé quelque chose d'étrange dans ta vie, Raphaël.. il y a un mois de cela... Tiens, ça date d'un jour où tu étais allé au bois de Boulogne. (*Mouvement de Raphaël.*) Vois-tu que c'est vrai... Mon Raphaël, mon enfant bien-aimé, dis-moi tout... Tout ce beau monde, tous ces riches équipages, ça t'a rendu ambitieux peut-être, hein ? est-ce cela ?

RAPHAEL.

Oui... oui...

Mme DIDIER.

Mais tu seras riche, mon ami, tu as du talent... travaille, et tout ce luxe qui te fait envie... (*Changeant de ton.*) Non, vois-tu, ce n'est pas ça... confie-moi tes chagrins, mon bien-aimé... car, tu le vois... je ne les devine pas, et cependant je t'aime bien, va !

RAPHAEL.

Mère !...

Mme DIDIER.

Oh ! je t'aime autant que le bon Dieu !... Dame, je n'ai plus que toi au monde !

RAPHAEL, *avec amour.*

Écoute, ne te fais pas de chagrin... c'est vrai que j'ai en des idées... des chimères, mais ça se passera.

Mme DIDIER, *assise dans son fauteuil, et Raphaël sur le bout de la table.*

Oh ! si ça se pouvait !... songe donc, nous pourrions être si heureux tous les deux ; car enfin, moi, je suis une pauvre femme qui ne sait rien faire ; mais si tu deviens un grand homme, j'en aurai une part tout de même, car enfin je suis ta mère, et je suis fière de toi... C'est bien pardonnable, n'est-ce pas ?

RAPHAEL, *avec des larmes et l'embrassant.*

O ma chérie ! si tu savais le bien que tu me fais !

Mme DIDIER, *joyeuse.*

N'est-ce pas que c'est bon de pleurer sur le cœur de sa mère ? on a beau être grand, on a beau être un homme, ça n'y fait rien, vois-tu, on n'est jamais un homme pour sa mère...

RAPHAEL, *à lui-même, en passant à droite.*

O mon Dieu ! faites que je l'oublie !...

Mme DIDIER.

Tu sais ? je suis superstitieuse, moi : eh bien, il y a une chose qui m'a frappée !

RAPHAEL.

Quoi donc ?

Mme DIDIER.

C'est depuis que notre vieux chien est mort que le bonheur nous a quittés !... Il est mort ici dans ton atelier, en tournant ses yeux vers toi, puis vers moi... il avait l'air de te dire : Je m'en vais, mais toi ne la quitte pas.

RAPHAEL, *s'agenouillant près d'elle.*

Mais je ne te quitterai pas, mère.

Mme DIDIER, *le pressant sur son cœur.*

Bien vrai !... O mon Dieu ! mon rêve !... veux-tu le savoir...

RAPHAEL.

Oui... dis-le-moi.

Mme DIDIER.

Je voudrais que le bon Dieu t'envoyât une jolie petite femme bien douce, bien simple... qui t'aimerait bien et moi aussi... Tu diras que c'est de l'égoïsme ; mais que veux-tu ! tous les amours c'est pas autre chose.

RAPHAEL, *à lui-même.*

C'est vrai.

Mme DIDIER.

Oh ! comme je l'aimerais cette femme-là, comme je la gâterais !... Et si le ciel lui avait repris sa famille... comme je la remplacerais avec bonheur !

RAPHAEL, *avec force.*

Je te donnerai cette bru-là !

Mme DIDIER, *joyeuse.*

Tiens, tu n'es déjà plus le même, tes joues ont repris leurs couleurs.

RAPHAEL, *avec gaieté.*

Oui, je te donnerai une fille comme celle de tes rêves, une pauvre enfant qui n'aura que nous et que nous pourrons aimer comme deux égoïstes que nous sommes. (*Il se lève.*)

MᵐᵉDIDIER, *se levant aussi.*

O mon Raphaël!... comme je suis heureuse aujourd'hui!... Je ne crains plus rien, va!... tu vas travailler?...

RAPHAEL.

Oui... l'inspiration m'est revenue.

Mᵐᵉ DIDIER.

Eh bien, je te laisse!...(*Avec orgueil.*) Je sais ce que c'est qu'un artiste moi! Adieu, à bientôt. (*Elle sort.*)

SCENE II.

RAPHAEL, *seul.*

Pauvre femme!... (*Il essuie une larme.*) Allons!... (*Il se remet à son travail; moment de silence pendant lequel Raphaël essaie de travailler, mais on sent qu'il est sous l'empire de la fièvre; la fièvre augmente peu à peu. Tout à coup Raphaël se lève et jette ses outils avec douleur.*) Non... non... je ne peux plus... je ne peux plus!... (*Avec passion.*) Marco! Marco je t'aime!... (*Il prend un médaillon et l'embrasse avec transport. Se levant.*) Où est-elle à cette heure?... Hier je ne l'ai pas vue... on m'a dit qu'elle était sortie... c'était faux!... Oh! cette vie est un supplice!... car elle ne m'aime pas, c'était un caprice!... il faut l'oublier, oui... oui... je...(*Avec rage.*) Non, je sens bien que je ne le pourrai plus!...

SCENE III.

RAPHAEL, DESGENAIS. *

DESGENAIS, *entrant.*

Enfin m'y voilà... Bonjour, Raphaël... comment se porte gaîté?

RAPHAEL.

Mal, mon ami... je m'ennuie affreusement aujourd'hui.

DESGENAIS.

Heureux homme! tu t'es donc amusé hier?... Ah! tu ne sais pas? j'ai reçu avant l'aube d'un certain monsieur un coup d'épée dans mon habit parce que j'ai dit l'autre jour dans un article, qu'à ses vaudevilles je préférais ceux de Corneille; il a pris cela au sérieux, et... Ah! quelle vilaine invention que l'imprimerie!... c'est très-compromettant! aussi à l'avenir je dirai la vérité, mais je ne l'imprimerai plus.

RAPHAEL, *assis à droite.*

Eh bien!.... et ton journal?...

DESGENAIS.

J'y renonce!... j'en ai assez, et puis, d'ailleurs, ça m'humilie qu'on me lise pour une demi-tasse. Ah çà! qu'est-ce que tu fais? car il y a quinze jours que je ne t'ai entrevu... Est-ce fini là-bas?

RAPHAEL.

Oui... oui, sans doute!...

DESGENAIS, *s'asseyant près de lui.*

Ah! sacrebleu! mon cher!... permets-moi de te serrer la main... tu m'as fait une peur atroce!... tu n'as pas du tout ce qu'il faut pour vivre sans danger dans ce monde-là; il n'y a qu'un Julian qui puisse s'en tirer sain et sauf! et c'est tout simple! Julian, c'est l'amour artificiel, la passion sans racine, le vers sans poésie, la tendresse sans lendemain, et c'est ce qu'il faut à ces âmes oisives, que l'on nomme femmes à la mode aujourd'hui et que l'on nommait Laïs autrefois.

RAPHAEL.

Desgenais!... est-ce que jadis tu as été mordu au cœur par une coquette?

DESGENAIS.

Oui, et elle en est morte; c'est la propriété des vipères...

RAPHAEL.

Et depuis?

DESGENAIS.

Je n'ai plus rien aimé que le bordeaux et les écrevisses.

RAPHAEL.

Et ta famille?...

DESGENAIS, *gaîté triste.*

Je n'en ai jamais eu; j'ai été découvert dans un éboulement entre un mammouth et un mastodonte. (*Se levant.*) Mais il ne s'agit pas de moi, mais de toi; permets-moi de me réjouir de ta délivrance et accepte toutes mes folies en guise de feu d'artifice!... (*Changeant de ton.*) Non, mais là sérieusement, tu viens d'échapper à un grand danger. (*Mouvement de Raphaël qui s'est levé.*) Oui, mon cher; Marco est une... calamité, il y a une chose que

tu ignores... je vais te la narrer... tu sais bien le jour de Madrid...

RAPHAEL.

Oui.

DESGENAIS.

Elle était gaie et rieuse, n'est-ce pas? Eh bien, mon cher... sir Maurice Lindey était parti huit jours avant pour l'Amérique, parce qu'il était complétement ruiné et ruiné par...

RAPHAEL, *involontairement.*

C'est impossible!

DESGENAIS, *le regardant fixement, Raphaël baisse les yeux.*

Ah! sacrebleu! tu n'es pas guéri!... au contraire!

RAPHAEL.

Eh bien, non, non, mon ami, je l'aime! je l'aime! plus que jamais!

DESGENAIS.

Ah! sapristi! voilà donc mes craintes réalisées!... Mais, sacrebleu, mon bon!... il est peut-être temps encore, il faut soigner cela... Si tu veux aimer absolument, eh bien, aime une fermière de la Beauce qui ne sera jamais venue à Paris, ou la fille de ton portier si elle n'a jamais été au Conservatoire; aime une grisette qui chantera faux et qui aimera juste, une ouvrière qui aura des calus aux mains et non au cœur... une créature bien simple qui gardera toute la semaine à sa ceinture, les fleurs que vous aurez cueillies ensemble le dimanche, et tu pourras être heureux, Raphaël; mais si tu aimes Marco, tu es perdu.

RAPHAEL.

Je me suis dit tout cela, Desgenais: mais c'est plus fort que moi; mon cœur ne peut se détacher de Marco, je n'ai plus qu'un désir, qu'une ambition, être aimé d'elle.

DESGENAIS.

Oui, oui, je comprends : « être aimé d'une jeune fille chaste, » certes, c'est une grande félicité; mais c'est la chose la plus » simple!... mais être aimé d'une courtisane, c'est une victoire » bien autrement difficile. » (*Commencement d'orage.*) Un poëte a dit cela, et les honnêtes femmes ont battu des mains... mais qu'est-ce que ça prouve? Voyons, sacrebleu!... un bon mouvement, un peu de courage!... tâche de l'oublier... (*Il le presse dans ses bras, puis remonte; moment de silence.*)

RAPHAEL.

Desgenais, l'as-tu vue hier?

DESGENAIS, *se retournant.*

Ah! très-bien!...(*Avec colère.*) Oui, je l'ai vue.

RAPHAEL.

Je l'ai attendue une partie de la nuit sous ses croisées...

DESGENAIS.

C'était une bonne idée!... elle était au bal.

RAPHAEL, *avec tristesse.*

Au bal?

DESGENAIS.

Et elle y va ce soir, et puis encore demain probablement, et toute la vie comme ça.

RAPHAEL.

A moins que je ne vienne à bout de la décider...

DESGENAIS.

A quoi?

RAPHAEL.*

A rien.

DESGENAIS.

Je sais que tu couves quelque absurdité imitée de l'abbé Prévost; mais, mon ami, je t'en préviens! je serai là, toujours là... avec mes conseils et ma lanterne. (*L'orage commence; éclairs, coups de tonnerre; Raphaël s'assied sur la table.*) Ah! ah! voici l'orage. Tant mieux! J'étais las de cette teinte de cobalt étalée depuis huit jours sur toute la nature. Je ne connais rien de laid comme un soleil sans nuages. Ça me fait l'effet d'un œil sans paupières; et toi?

RAPHAEL, *absorbé.*

Hein?... quoi?

DESGENAIS, *continuant sans y prendre garde.*

Et puis le soleil a cela de mauvais qu'il fait tout à coup éclore dans la poussière une myriade d'enfants criards avec des cerceaux, et de pesants bourgeois avec des chapeaux neufs; franchement le soleil n'est bon que pour les blés, les raisins et les rhumatismes, mais il est détestable pour les poëtes. (*Voyant Raphaël qui est plongé dans ses pensées.*) Heureusement il leur reste la lune. (*Lui frappant sur l'épaule.*) N'est-ce pas, Raphaël?

RAPHAEL.

Pardon, mon ami.

DESGENAIS.
Ne te gêne pas, je connais cette maladie-là. Je l'ai beaucoup étudiée sur les autres. (*Se frappant le front.*) Ça commence ici... et si on n'a pas le courage d'y fourrer le bistouri de la raison, ça gagne le cœur... et je crois bien que tu en es au second degré; oui, Raphaël, tu es bien malade.

RAPHAEL, *se levant.*
Et je ne veux pas guérir... (*L'orage redouble.*) Ah! ah! les vents d'orage frappent à ma porte; ma foi! qu'ils soient les bienvenus. Je vais leur ouvrir; ma tête brûle, ils rafraîchiront mes idées. (*Il va ouvrir la porte. On voit Marie qui s'est abritée sous l'auvent.*)

SCENE IV.
LES MÊMES, MARIE.
RAPHAEL.
Eh! mais, je me trompais, ce n'était pas le vent qui grouillait à ma porte.

DESGENAIS.
Une jeune fille! (*Marie va s'éloigner.*)
RAPHAEL, *l'arrêtant.*
Vous fuyez, mademoiselle?

MARIE.
Non, monsieur, je ne fuis pas; je m'en vais; je m'étais abritée là; mais un éclair m'a effrayée, alors involontairement je me suis pressée contre la porte et j'ai fait du bruit. Je vous en demande pardon; adieu, monsieur.

RAPHAEL.
Permettez, mademoiselle, je ne puis souffrir... (*Il la fait entrer, la reconnaissant.*) Eh, mais je ne me trompe pas...

DESGENAIS, *la reconnaissant aussi.*
La jeune fille de Madrid!

MARIE, *à Desgenais.*
Ah! je vous reconnais, monsieur.

RAPHAEL.
Moi aussi; je vous ai vue ce jour-là, vous étiez...

MARIE.
Dans une belle voiture, n'est-ce pas?

DESGENAIS, *riant.*
C'est bien ça, c'était la mienne.

RAPHAEL.
Pauvre enfant!... elle est toute trempée!... Attendez, il y a toujours du feu ici!...

MARIE.
Comment! dans l'été!

DESGENAIS.
Oui, c'est pour les modèles. Vous comprenez, quand on pose, par exemple, pour la vérité. (*Marie le regarde étonnée.*)

DESGENAIS, *à part.*
Tiens, qu'est-ce que je lui dis donc? Suis-je bête... C'est qu'elle a l'air toujours aussi honnête, il paraît qu'elle n'a pas eu de bonheur; tant mieux. (*Marie a regardé autour d'elle.*)

MARIE.
C'est beau ici!

RAPHAEL, *qui a rallumé le feu.*
Tenez, mademoiselle, séchez vos habits.

MARIE.
Oh! mais non, je veux m'en aller.

RAPHAEL.
Pourquoi? mais vous n'êtes pas chez des garçons ici. J'ai ma mère. (*Désignant la porte à gauche.*) Elle est là!

MARIE.
Ah!

RAPHAEL, *lui donnant une chaise.*
Mettez-vous ici. (*A Desgenais.*) Comme elle est jolie! quel air modeste!...

DESGENAIS.
C'est ce que je me disais : qui diable ça peut-il être?... (*Haut.*) Vous êtes arrivée à bon port l'autre fois?

MARIE.
Oh! oui, monsieur; j'ai vu sœur Marthe; elle m'a gardée jusqu'à ce jour; mais il paraît que les règlements de la maison s'opposaient à ce que je reste davantage. Alors elle m'a adressée à quelqu'un pour servir...

RAPHAEL.
Servir?... Cela ne vous convient pas.

MARIE.
Oh! tout me convient à moi.

RAPHAEL.
Comment vous appelle-t-on?

MARIE.
Marie, monsieur.

RAPHAEL.
Marie seulement?

MARIE.
Oh! j'ai encore beaucoup de noms; autrefois tout le monde m'en donnait un.

DESGENAIS.
Et moi, j'ai fait comme tout le monde, car la première fois que je vous ai vue, je vous ai appelée Mignon.

MARIE.
Mignon?... qui est-ce?

RAPHAEL.
C'était une enfant perdue.

MARIE, *avec tristesse, elle se lève.*
Ah! alors vous pouvez m'appeler comme ça.

RAPHAEL.
Je vous ai fait de la peine.

MARIE, *souriant.*
Non, c'est passé...

RAPHAEL.
Mais vous disiez tout à l'heure que chacun vous donnait nom autrefois; comment cela se fait-il?

MARIE.
Ah! c'est toute mon histoire ça, monsieur...

RAPHAEL.
Et vous ne voulez pas nous la conter?

MARIE.
Si... je veux bien... Elle est bien simple, allez. D'abord étant toute petite, ma mère m'avait confiée à une vieille femme qui me battait...

DESGENAIS.
Elle avait bien placé sa confiance, votre maman... elle est donc folle?

MARIE.
Je ne sais pas, monsieur, je ne l'ai jamais connue.

DESGENAIS.
Ah! très-bien...

MARIE.
Cette femme voyant qu'on ne venait pas me reprendre, me faisait des reproches, et comme je n'avais pas encore de nom, à ce qu'il paraît... elle m'en avait donné un, elle; ça me faisait bien de la peine, quand elle m'appelait de ce nom-là.

RAPHAEL.
Quel était-il?

MARIE.
Elle m'appelait : Misère!

RAPHAEL, *ému.*
Oh!...

MARIE.
Un jour cette vieille femme est morte, et j'ai été recueillie par le curé du pays, un vieux prêtre qui m'a emmenée au presbytère; j'étais bien heureuse là... Il y avait une vieille église... tenez, que je me suis rappelée en passant ici tout à l'heure, et c'est pour ça que je suis entrée.

RAPHAEL.
Il vous avait donné un nom aussi, lui?

MARIE.
Oui, mais pour tout de bon, il m'avait baptisée : Marie.

RAPHAEL, *avec intérêt.*
Et enfin?

MARIE.
Enfin... un jour le pauvre vieux prêtre est mort à son tour tout à coup (*elle essuie une larme*), et m'a encore laissée toute seule... J'ai eu tant de chagrin que je suis tombée malade, et c'est alors qu'on m'a portée à l'hôpital de la ville voisine; j'ai souffert pendant bien longtemps, et comme je ne me plaign

jamais, les bonnes sœurs, elles aussi, avaient ajouté un nom à mon nom... elles m'appelaient Marie la Résignée.

RAPHAEL, *entraîné.*

Pauvre petite ! (*Il l'embrasse.*)

MARIE, *avec un mouvement.*

Ah !...

RAPHAEL.

Je vous ai fâchée, Marie ?

MARIE, *souriant.*

Oh ! non... ce n'est pas cela.

RAPHAEL.

Mais vous êtes toute émue.

MARIE, *à demi-voix.*

Ah ! je vais vous dire ; c'est qu'on ne m'a jamais embrassée ! (*Raphaël lui embrasse la main.*)

DESGENAIS, *très-ému.*

Eh bien... c'est très-joli, tout cela, sacrebleu ! (*A Raphaël.*) Elle est adorable, voilà une vraie femme, au moins. (*A part, frappé d'une idée.*) Ah ! mais j'y songe, s'il pouvait... si le bonheur voulait... Oui... oui... Raphaël serait sauvé...

RAPHAEL.

Mademoiselle Marie, que savez-vous faire ?

MARIE.

La mère Mathurine m'a appris à coudre et à garder les moutons ; le vieux prêtre à lire et à prier, voilà tout.

DESGENAIS.

Je connais beaucoup de filles... très-bien qui n'en savent pas autant.

RAPHAEL, *qui regardait Marie.*

Quelle pureté de lignes ! quelle figure d'ange !...

DESGENAIS.

Oui, n'est-ce pas ? tu feras une statue de plus.

RAPHAEL.

Oui, la Vierge des sept douleurs...

DESGENAIS, *à part avec joie.*

Quelle chance ! le travail revient, et le souvenir de Marco s'éloigne !

RAPHAEL.

Vous ne savez pas, Marie ?

MARIE.

Quoi donc ?

RAPHAEL.

Il ne faut pas entrer en service...

DESGENAIS.

Non... Non certainement il ne faut pas nous quitter, nous serons votre père.

MARIE, *souriant en les regardant.*

! vous êtes trop jeunes.

DESGENAIS.

Bah ! à nous deux... ou bien, votre frère, votre oncle, la moindre des choses. (*A part.*) Cette enfant-là m'a rafraîchi le cœur.

RAPHAEL.

Il faut rester auprès de ma mère ; vous serez son enfant, sa fille !...

DESGENAIS.

Elle a l'âge voulu.

MARIE, *très-émue.*

Mais elle ne consentira pas...

RAPHAEL.

Si, si, elle consentira ; ce matin encore, elle demandait à Dieu une... une fille, et c'est lui qui vous a envoyée.

DESGENAIS.

Sur l'aile des aquilons, train direct.

RAPHAEL, *à Marie.*

Elle vous aimera bien.

MARIE, *pleurant de joie.*

Oh ! mon Dieu ! le joli rêve !

RAPHAEL.

Si c'est un rêve, Marie, (*lui montrant Mme Didier sur le seuil de la chambre*) ce n'est pas ma mère qui vous réveillera.

MARIE, *honteuse.*

Madame !

SCÉNE V.

LES MÊMES, Mme DIDIER. (*Mme Didier va à Marie et l'embrasse au front, Marie et Raphaël la regardent étonnés.*)

RAPHAEL.

Ma mère !

Mme DIDIER. ***

J'ai tout entendu, mon ami, j'étais là depuis longtemps.

RAPHAEL.

Vous savez donc ?

Mme DIDIER.

Tout, pauvre ami ; mais prends bien garde !... écoute les conseils de M. Desgenais, c'est un honnête homme. ◆

DESGENAIS.

Merci, madame Didier.

Mme DIDIER, *à Marie.*

Mon enfant !... je crois aux avertissements d'en haut, je crois que si Dieu vous a envoyée, vous pauvre, orpheline et délaissée, c'est qu'il veut que je vous serve de mère...

MARIE.

Madame !

Mme DIDIER.

Et je lui obéis avec joie ; ce que vous a offert mon fils, je vous l'offre à mon tour... Voulez-vous partager le pain de la veuve, voulez-vous être ma fille ?

MARIE.

Votre... votre fille !... ah ! oui, je veux bien... (*Elle se jette dans ses bras.*)

Mme DIDIER, *bas.*

Je te donne une mère, tu me rendras peut-être mon enfant.

MARIE.

Comment ?

Mme DIDIER.

Silence... (*Marie se retourne et aperçoit Raphaël qui, debout près de son chevalet, ébauche déjà le portrait de Marie.*)

MARIE, *courant à lui.*

Oh ! vous faites déjà mon image.

RAPHAEL, *souriant.*

Oui, ne bougez pas.

DESGENAIS, *bas à Mme Didier.*

Vous avez eu la même pensée que moi, n'est-ce pas ?

Mme DIDIER.

Peut-être ?

DESGENAIS, *de même.*

Si cet enfant a dit vrai, si elle est ce qu'elle paraît être, comme j'en jurerais, d'ailleurs...

Mme DIDIER.

Et moi aussi.

DESGENAIS.

Et enfin, si Raphaël en vient à l'aimer ? un jour peut-être...

Mme DIDIER.

Oui, c'est cela.

DESGENAIS, *riant.*

Au fait, pourquoi pas ? les arts et la misère, ça se marie très-bien ensemble (*Regardant Raphaël.*) Il ne pense déjà plus à Marco ; ce que c'est que la vertu pourtant. Allons, ses actions ne sont pas tout à fait tombées. (*On frappe trois coups à la porte du fond.*)

SCENE VI.

LES MÊMES, JOHN, *en grande livrée.*

JOHN.

Monsieur Raphaël Didier ?

DESGENAIS, *le reconnaissant.*

Ah ! sacrebleu, c'est le groom de Marco. (*Raphaël a quitté précipitamment son travail et a été à lui ; le domestique lui remet une lettre, Raphaël la lit.*)

Mme DIDIER, *bas à Desgenais.*

C'est de la part de cette femme, n'est-ce pas ?

DESGENAIS.

Hélas ! oui, elles ont le diable au corps.

MARIE, *qui compare devant une glace sa figure avec le dessin.*

Ah ! les yeux ne sont pas finis. (*Elle se retourne et ne voit pas Raphaël.*)

DESGENAIS, *à part.*

J'ai bien peur que ce portrait-là ne voie jamais clair.

RAPHAEL, *au domestique.*

Dites que j'irai... (*John sort.*)

DESGENAIS, *à part.*

Patatras! nous voilà encore embourbés; il va falloir remettre des grandes bottes.*

RAPHAEL, *bas à Desgenais.*

Elle m'aime, mon ami! Elle consent à tout.

DESGENAIS.

A quoi?

RAPHAEL.

Mais... à fuir le monde avec moi.

DESGENAIS.

Mais, malheureux insensé, sais-tu ce qui arrivera! sais-tu où te conduira cette... (*Mme Didier s'est approchée avec inquiétude. Raphaël l'apercevant à Desgenais.*)

RAPHAEL.

Tais-toi! (*Haut.*) Ma mère, il faut que je vous quitte; une affaire, qui me retiendra peut-être quelque temps loin de Paris...

Mme DIDIER.

Oui, oui; je devine ce que tu n'oses me dire, car tu en rougis toi-même.

RAPHAEL.

Ma mère!

Mme DIDIER.

Raphaël, je t'en prie, ne me quitte pas...

RAPHAEL.

Il le faut, ma mère; mais je reviendrai te voir souvent...

Mme DIDIER.

Mon Dieu! mon Dieu! (*Elle va s'asseoir à droite, en pleurant.*)

DESGENAIS, *bas à Raphaël.*

Raphaël, est-ce que ton cœur se pétrifie déjà? Voyons, tu n'iras pas...

RAPHAEL, *qui lutte depuis un instant.*

Si, si, car Marco m'attend, et je l'aime! (*Marie, qui a regardé toute cette scène avec étonnement, vient s'agenouiller devant Mme Didier qui pleure; Mme Didier la serre sur son cœur.*)

RAPHAEL, *à part.*

O Marco! Marco! vois tout ce que je te sacrifie.

DESGENAIS, *regardant Marie.*

Allons, si ce petit ange-là ne sauve pas l'enfant, du moins il consolera la mère. (*Le rideau baisse.*)

ACTE IV.

A Saint-James, dans le bois de Boulogne, un petit boudoir.—Au fond, un salon élégant ouvrant sur un jardin. Portes latérales.

SCÈNE PREMIÈRE.

MARCO, JULIE. (*Au lever du rideau, Marco endormie est étendue sur un sofa, Julie entre du fond et s'arrête à quelques pas de Marco; elle a une lettre à la main.*)

JULIE.

Six semaines de retraite avec celui qu'on aime, il paraît que c'est long! car madame dort beaucoup depuis un mois. Il faut pourtant... (*Elle remue un meuble, Marco se réveille.*)

MARCO.

Julie... eh bien... ces invitations?

JULIE.

Je les ai toutes portées.

MARCO.

Et lui... l'as-tu vu?

JULIE.

Monsieur le comte?, oui, madame.

MARCO.

Il a lu ma lettre?

JULIE.

Oui, madame.

MARCO.

Et la réponse?

JULIE.

Il la fera lui-même à madame.

Il viendra ici?

JULIE.

Monsieur a dit : « Tiens, j'ai précisément un nouvel attel à essayer ; je pousserai jusqu'à Saint-James. » Là dessus il a ordonné à Joseph de préparer la daumont.

MARCO.

Bien; laisse-moi. (*Avec joie.*) Il revient!

SCÈNE II.

MARCO, RAPHAEL.

RAPHAEL.

Bonjour, Marco!... (*Il l'embrasse au front.*)

MARCO.

Bonjour; d'où venez-vous?

RAPHAEL.

Du bois...

MARCO.

Ah! il y a du monde?

RAPHAEL.

Oui, ils y sont tous.

MARCO.

Moi seule je manquais, c'est très-certain.

RAPHAEL.

Le regrettez-vous?

MARCO.

Non, je suis heureuse, je suis parfaitement heureuse.

RAPHAEL.

Tenez, vous allez rire; j'ai trouvé par le bois ces quelques petites fleurs, si bien blotties dans l'herbe, que, ma foi, elles se riaient des promeneurs et des enfants; elles riaient trop haut peut-être, car je les ai trouvées et cueillies pour vous. Marco, voulez-vous de mon pauvre bouquet?

MARCO.

Très-joli! très-joli. (*Elle jette le bouquet sur la table.*)

RAPHAEL, *s'asseyant près d'elle.*

Marco, dites-moi le secret que vous avez et que vous me cachez?

MARCO.

Moi! mais je n'ai pas de secret.

RAPHAEL.

Vous étiez si gaie il y a six semaines quand je louai cette villa.

MARCO.

Eh bien, croyez-vous que ma gaîté a signé le bail?...

RAPHAEL.

Voyons, qu'as-tu?

MARCO.

Ce que j'ai? en vérité vous êtes charmant, j'ai... j'ai que je vous en veux... Oui, vous rêvez, vous cueillez des herbes et vous me les apportez avec la plus grande poésie du monde; mais vous négligez vos amis.

RAPHAEL.

Dites-moi donc que vous m'en voulez de ce que vous négligez les vôtres.

MARCO.

Il n'est pas question de moi... J'ai rompu avec l'Opéra, d'un mot je reprendrai ma position; mais vous... vous laissiez... des statues, je crois... Pourquoi ne faites-vous plus de statues! c'est très-gentil ça.

RAPHAEL.

Ma main a désappris le travail, Marco, le jour où elle a appris à toucher la vôtre. J'avais du talent... mais je l'ai si bien serré dans mon amour que je ne peux plus le retrouver; est-ce ma faute à moi, si j'ai perdu mes rêves d'ambition et mes désirs de gloire?... la gloire vaut-elle Marco? l'ambition vaut-elle notre jeunesse et notre amour?... (*Tous les deux sont assis sur le sofa. Raphaël entoure Marco de ses bras.*) Viens, loin d'ici, Marco... faisons de notre bonheur une patrie nouvelle et de notre amour un rêve sans fin dont les bruits d'en bas ne réveilleront plus nos cœurs!... viens loin de Paris, loin de la France!

MARCO.

Oui... au bout du monde... n'est-ce pas?... c'est trop loin : je ne suis pas marcheuse!

RAPHAEL, *se levant vivement.*

Marco!

MARCO, *se levant.*

A mon tour, est-ce ma faute si je m'ennuie? La solitude, les rêves, le soleil... et toujours le même soleil, la même solitude et les mêmes rêve... à périr. Mais je suis en prison ici, et vous aussi. Il pousse des barreaux aux fenêtres ; tenez là, tout à l'heure, je rêvais que j'avais des ailes et que je m'envolais... (*Mouvement de Raphaël.*) Cette sotte de Julie m'a réveillée au moment où je posais une patte sur ma croisée, rue d'Antin... et le réveil s'appelle six semaines d'égoïsme à deux... Ouf ! que je m'ennuie. (*Elle bâille en étendant les bras.*)

RAPHAEL, *ave colère.*

Eh bien !... soyez libre... retournez à Paris... aussi bien votre cœur a l'air de faire l'aumône au mien, et ma fierté !... (*Changeant de ton.*) Non, Marco, je n'ai pas de fierté... je suis sans courage et sans forces... reste, reste près de moi... Tu resteras, n'est-ce pas !... dis-moi que tu resteras... et que tu me pardonnes !... (*Il s'agenouille.*)

SCENE III.

LES MÊMES, DESGENAIS.

DESGENAIS, *paraissant au fond.*

Monsieur Raphaël Didier, s'il vous plaît ?...

MARCO.

Desgenais !... enfin !... voilà donc une figure humaine...

DESGENAIS.

Heureux enfants !... vous n'y êtes plus habitués... vous avez rompu avec cette humanité qui barbotte dans la prose du macadam, et vous vivez de poésie sous l'accacia en fleurs. O Daphnis !... ô Chloé !... » *Tityre tu patule recubans sub tegmine fagi !* » C'est du latin, Marco... ça veut dire : « Vive l'amour et les pommes de terre !... » Heureux enfants, je vous bénis, vous cueillez des bluets dans les blés, vous avez un mouton... qui a des rubans roses ; ô Daphnis !... mon bon ! tes pipeaux sont retrouvés !... ô Chloé !... ma bonne ! ton mouton existe encore, il est ressuscité jusqu'au jour où la désillusion en fera des côtelettes !

RAPHAEL.

Desgenais !...

DESGENAIS.

Passez-moi une houlette... une houlette, s'il vous plaît... J'ai apporté des lignes et je vais dans le courant d'une onde pure pêcher une baleine. O amour ! ô jeunesse !... A quelle heure dîne-t-on ici ?

RAPHAEL, *qui se promène avec agitation.*

Desgenais, trêve de railleries...

DESGENAIS, *le regardant.*

Ah ! bah ! (*A part.*) Est-ce que le mouton courrait déjà quelque danger ?

MARCO, *l'œil sur la pendule.*

Trois heures !... et le comte qui va venir...

DESGENAIS.

Je croyais votre cœur en Arcadie, et nous ne sommes plus qu'à Saint-James... Ah çà... qu'est-il donc arrivé ?...

MARCO.

Il est arrivé que Raphaël n'est plus le même... et que cette vie est insupportable.

DESGENAIS.

Ah ! ah !

MARCO, *à Raphaël.*

J'ai écrit à Josépha... à Fœdora... à d'autres encore... que vous n'aimez pas... elles viendront !...

RAPHAEL.

Ici !...

MARCO.

Ici, elles dîneront ; vous n'aimez pas ces dames... eh bien, je ne vous retiens pas.

RAPHAEL.

Voyons, Marco, c'est un mouvement d'humeur, n'est-ce pas ?... vous n'avez pas appelé à votre aide vos distractions d'autrefois ? (*On entend au fond dans le jardin de bruyants éclats de rire.*)

MARCO, *froidement.*

Pardon !... j'entends mes invités ; je vais les recevoir.

DESGENAIS.

Il paraît qu'on va tuer le mouton.

MARCO, *sur le seuil de la porte du fond.*

Desgenais, vous nous restez ?...

DESGENAIS, *riant.*

Parbleu !... J'en mangerai. (*Marco sort et ferme la porte sur elle.*)

SCÈNE IV.

DESGENAIS, RAPHAEL. (*Moment de silence. Raphaël va s'asseoir sur un fauteuil à droite, la tête dans ses mains.*)

DESGENAIS.

Dans ce cas-là, mon cher, on fait sa malle, on met ses illusions au fond et ses chemises par dessus, on porte le tout dans un cabriolet de régie, et l'on revient rue de l'Abaye, 23, on est sauvé... et ça coûte 2 francs la course.

RAPHAEL.

Partir !...

DESGENAIS.

Raphaël, donne-moi la main... bien ! tu es mon unique amitié, j'ai donc le droit de te parler et je te parlerai. (*Raphaël se lève.*) Ecoute ! on respire mieux dans ton atelier que dans cette maison... quelques jours encore et tu auras perdu ta foi d'artiste ; quelques jours encore, et tu passerais devant Michel Ange sans ôter ton chapeau. Les femmes comme Marco endorment l'âme qu'elles occupent, Raphaël, elles en chassent les nobles instincts, elles en flétrissent les aspirations divines. Viens !... fuis... il en est temps encore, fuis sans regarder derrière toi... retourne dans la maison où t'attendent celles qui t'aiment... va chercher ton avenir près de Marie, ton passé près de ta mère, retourne dans ton atelier ; tu y retrouveras tes outils et ta gloire, ton insouciance et tes chansons, et mieux encore, ta dignité et ton honneur !... (*Raphaël ne répond pas. Continuant.*) C'est dit, pas vrai ? J'ai retrouvé mon Raphaël d'autrefois. Allons, prends ta canne et ton chapeau, allons-nous-en... J'ai vingt francs, je te paye à dîner.

RAPHAEL.

Desgenais... j'aime cette femme, quoi qu'elle fasse et quoi que tu puisses dire. Advienne que pourra, je reste ; il est une heure dans la vie qui décide du sort d'un homme, et cette heure a sonné pour moi il y a six semaines.

DESGENAIS.

Ce jour-là, c'est ton mauvais ange qui a monté la pendule.

RAPHAEL, *pensif.*

Oui... peut-être...

DESGENAIS.

Eh bien, jette ta pendule par la fenêtre, tu demanderas l'heure à ton portier... Allons-nous-en !...

RAPHAEL.

Je reste !...

DESGENAIS.

Mais qu'espères-tu ?... Pour te permettre la fantaisie d'aimer cette lionne, es-tu millionnaire comme monsieur de Fresnes ? as-tu comme lui la Californie dans ton tiroir ? vas-tu à la Bourse ? joues-tu sur les fonds espagnols ? fais-tu banquo dans tous les lansquenets ?

RAPHAEL.

Desgenais !

DESGENAIS.

Je ne suis plus Desgenais, je m'appelle la raison. C'est qu'on voudrait ces femmes là sont des démons pour les gens comme toi... et on les a chantées, louangées, poétisées... c'est à mourir de rire, ma parole d'honneur... Ah ! si j'étais père de famille... je le serai peut-être un jour, on ne sait pas ce qui peut arriver... eh bien, je dirais à mon fils, naïf collégien très-fort en thème : « Tu vois bien ces demoiselles qui ont des diamants, ce sont des » diables... elles ont des cornes... on ne les voit pas, mais elles en » ont... ces petits ongles roses, ce sont des griffes ; elles vous » ruinent la bourse et le cœur ; après quoi elles vous conduisent » en enfer par le chemin de Clichy. » Voilà ce que je lui dirais à mon fils. Ça ne l'empêcherait probablement pas de faire des bêtises pour le diable ; mais j'en aurais le cœur net... j'aurais jeté mon cri d'honnête homme... Sapristi ! voilà assez longtemps que cela dure. Allons mesdemoiselles, passez à l'ombre, rangez un peu vos voitures ! place aux honnêtes femmes qui vont à pied !

RAPHAEL.

Desgenais !

DESGENAIS.

Ah ! je deviens fou, j'extravague, je fais du speech... Voyons, causons raison : depuis que tu aimes Marco, tu as dépensé ?

RAPHAEL.

Dix mille francs.

DESGENAIS.

Juste ce que tu avais. Tu n'as pas travaillé naturellement?

RAPHAEL.

Travaillé! Ah bien, oui!...

DESGENAIS.

Depuis six semaines, tu n'as pas embrassé ta mère.

RAPHAEL.

Non!

DESGENAIS.

Ta pauvre mère qui t'attend, et qui te reconnaîtrait à peine... (*Raphaël le regarde.*) Oui, car tu n'es plus le même... Veux-tu que je te dise? Eh bien, depuis que je ne t'ai vu, tu as vieilli de dix années.

RAPHAEL, *assis à droite.*

Sais-tu pourquoi? C'est que depuis un mois, je devine que Marco ne m'aime plus, et que, depuis ce temps, je n'ai pas eu un jour de repos, une heure de sommeil. Depuis un mois, la fièvre ne m'a pas quitté, elle me brûle le cerveau, elle me déchire le cœur. Si parfois la fatigue est la plus forte, si mes yeux se ferment une minute, je rêve que Marco s'en va, qu'elle me quitte pour un autre, alors je me réveille en sursaut! je cours à la chambre de Marco; mais à chaque pas ma fièvre redouble à la pensée que je vais peut-être trouver cette chambre vide, et tout mon sang reflue à mon cerveau, et il me semble que mon cœur va tomber. Oh! c'est une douleur horrible! une douleur qui me tuera. (*Il se lève.*)

DESGENAIS.

Oui, si tu n'as pas le courage de tuer ton amour, ton amour dont cette femme est indigne.

RAPHAEL.

Desgenais!

DESGENAIS.

Oui, indigne, je te le jure... et je te le jure aussi!... à cette heure, vois-tu bien? Marco cherche froidement les moyens de rompre avec toi... Je parie que déjà elle a rappelé monsieur de Fresnes comme elle a rappelé ses amis.

RAPHAEL.

Oh!

DESGENAIS.

Oui, je le parie! (*Apercevant de Fresnes qui paraît à gauche.*) Tiens, j'ai gagné!

RAPHAEL, *voulant s'élancer.*

Lui!

DESGENAIS, *le retenant et bas.*

Prends garde! tu es déjà fou, ne sois pas ridicule!

SCÈNE V.

LES MÊMES, DE FRESNES.

DE FRESNES, *saluant du bout de son chapeau.*

Qu'ai-je appris? Comment! notre chère Marco s'ennuie! (*Il s'étend sur un sofa.*) C'est gentil à vous de venir la distraire, cette bonne petite... elle est nerveuse en diable... Drôle d'idée qu'elle a eue là de venir s'enterrer dans ce pays... pas vrai, monsieur Desgenais?

DESGENAIS.

Caprice de femme, monsieur le comte!

DE FRESNES, *riant.*

Des caprices!... oui, elle en a souvent cette chère enfant... (*Il lorgne Raphaël, celui-ci fait un mouvement; Desgenais le retient.*) Elle m'y a habitué... Tenez, à propos de caprice, elle en eut un assez singulier. Elle adore les premières représentations; un jour, elle voulut voir je ne sais quel mélodrame, elle m'écrivit cela assez tard; je laissai mes affaires, mon cercle et mes journaux, et me voilà courant après le coupon souhaité: plus de places à la location: Parbleu, m'écriai-je, je n'en aurai pas le démenti; il me faut cette avant-scène, quand je devrais la payer mille écus; à ces mots, quelques hommes m'entourent, et me voilà porté, entraîné je ne sais où, chez un marchand de vins, je crois; je jette cinq ou six louis sur le comptoir, on me sert mon billet, et je sors possesseur de mon avant-scène. On donnait je ne sais trop quel *Oncle Tom*, il y avait du nègre là-dedans; j'envoie l'avant-scène à Marco, et le soir je pénètre à la galerie. Marco était charmante au milieu de son bouquet de lilas blanc; derrière elle il y avait un jeune homme très-ganté... (*Lorgnant Raphaël assis à droite.*) Eh! parbleu, je crois que c'était vous, monsieur Raphaël... (*Raphaël*

ne répond pas. *Continuant.*) Vous êtes-vous amusé? Est-ce que vous êtes pour l'émancipation des noirs? (*Raphaël troublé ne répond pas.*)

DESGENAIS.

Monsieur le comte te demande si tu es pour l'émancipation?

DE FRESNES.

J'avais eu déjà le plaisir de vous voir... au bois... avec Marco... dans un coupé que je lui avais donné la veille, une détestable voiture du reste. Elle me l'a prêtée une fois; vous deviez être fort gêné dans cette cariole. Décidément je trouve que Binder se néglige depuis quelque temps.

RAPHAEL, *s'élançant vers de Fresnes malgré Desgenais.*

Monsieur!...

DE FRESNES, *tirant de sa poche un porte-cigare et le présentant à Raphaël.*

Aimez-vous les princados, monsieur... Ah! voilà notre belle Marco...

DESGENAIS, *bas à Raphaël.*

Nous sommes restés dix minutes de trop, mon bon. (*Marco paraît.*)

SCÈNE VI.

LES MÊMES, MARCO.

MARCO *entre par le fond, se retournant voyant Raphaël.*

Encore ici?... Eh! bonjour, cher comte. (*Elle va à lui.*)

DE FRESNES, *sans se lever.*

Bonjour, mon enfant. Eh! mon Dieu, vous êtes toute pâle. Voulez-vous des bonbons?... (*Il lui en offre, Marco s'assied près de lui, mouvement de Raphaël.*)

DESGENAIS, *bas à Raphaël.*

Tout cela ne t'arriverait pas rue de l'Abbaye, 23.

RAPHAEL, *bas.*

J'ai envie de tuer quelqu'un.

DESGENAIS.

Tue Marco... tu rendras service à tes neveux... si tu en as...

DE FRESNES.

Vous voulez donc rentrer à l'Opéra?... ah! vous avez raison... on vous regrette à l'orchestre... tout le monde s'étonne... vous rentrerez, c'est dit, c'est gentil de ma part, convenez-en, car en vérité... (*presque à voix basse*) je serai ridicule si je vous protége.

MARCO.

Vous?

DE FRESNES.

N'aimez-vous pas monsieur Raphaël?

MARCO.

Vous êtes insensé...

DE FRESNES.

Vous l'avez aimé du moins?

MARCO.

Non.

DE FRESNES, *d'une voix haute et en riant.*

Vous n'avez pas aimé monsieur Raphaël? (*Raphaël écoute.*)

MARCO, *bas.*

Ah! vous me défiez?... Eh bien... (*à voix haute*) non.

RAPHAEL, *avec un mouvement.*

Ah! c'est trop fort!

DESGENAIS, *à Raphaël tremblant.*

Viens nous promener dans le bois de Boulogne... Je te raconterai le Chat botté... c'est très intéressant!...

DE FRESNES, *bas à Marco souriant.*

Petite ingrate!... Ah çà, vous me prenez donc pour un sot?... Je n'ignore que ce que je veux bien ignorer; mais ne parlons plus de cela. Vous vous ennuyez, n'est-il pas vrai?

MARCO.

Oui.

DE FRESNES.

Si par hasard ma voiture stationnait à quelques pas d'ici sur les cinq heures, viendriez-vous?

MARCO.

A cinq heures? (*Rires au fond.*)

DE FRESNES.

Ah!... oui, au fait!... Pardon vous avez du monde!.. (*Il lorgne au fond.*) Qu'est-ce que c'est que ces gens-là?

MARCO.

Oh! on ne sait pas.

DE FRESNES.

N'est-ce pas mademoiselle Fœdora qui est là-bas?

MARCO.

Oui.

DE FRESNES, *avec la plus parfaite indifférence.*

Tiens, je la croyais morte. Eh bien! enfin, à huit heures, serez-vous libre?

MARCO.

Attendez, vous le verrez bien.

DE FRESNES, *se levant.*

Adieu, chère petite; du calme et vous retrouverez vos belles couleurs. Cette pâleur-là ne sait ce qu'elle dit. Adieu, et n'oubliez jamais que je suis de vos amis. (*Il lui serre la main, saluant.*) Messieurs!... (*Desgenais salue.*)

RAPHAEL, *bas à Desgenais.*

Oh! je ne puis le laisser partir ainsi.

DESGENAIS.

Alors invite-le à dîner.

RAPHAEL, *avec humeur.*

Oh!

DESGENAIS.

C'est le seul moyen de te tirer de là.

DE FRESNES, *à Marco qui la reconduit.*

Il est très-bien, ce jeune homme. (*Il salue de nouveau et sort par la gauche; la porte du second salon au fond se referme.*)

SCÈNE VII.

MARCO, RAPHAEL, DESGENAIS.

DESGENAIS.

Il est parti. (*A Marco.*) Ah! c'est trop fort! (*A Raphaël.*) Laisse-moi parler. Je comprends tout, Marco. Que vous plantiez là l'homme que vous n'aimez plus, c'est très-bien, c'est dans nos mœurs; que vous ruiniez les cinq parties du monde, si vous le pouvez, c'est parfait, c'est votre état. Mais ici, face à face, renier celui que vous avez aimé hier au bénéfice de celui que vous aimerez demain!... insulter l'amour qui s'en va en face de l'amour qui vient, souffleter ainsi l'homme qui jetait sous vos pieds sa jeunesse, son talent et son cœur. Ah! voilà ce que je ne comprends pas! Mais vous avez bien fait de lever le masque, car Raphaël vous connaît maintenant. (*A Raphaël.*) Allons, viens, ami; grâce à Dieu, cette femme a rompu le lien suprême qui l'unissait à elle... relève-toi, et partons... (*Il veut l'entraîner.*)

RAPHAEL, *pâle.*

Non... non... laisse-moi... je reste!

DESGENAIS.

Tu restes... (*Changeant de ton.*) Marco, vous avez bien fait, vous avez raison, cent mille fois raison, Marco, d'abandonner Raphaël, car les Raphaël ne valent pas les de Fresnes. Monsieur de Fresnes est un vrai gentilhomme et Raphaël n'est qu'un faux artiste; il a déserté son atelier comme il déserte son courage et sa dignité. Allons, Hermione, frappez ferme; Pylade est fatigué de conseiller Oreste. (*Il prend son chapeau.*)

RAPHAEL, *voulant l'arrêter.*

Desgenais!

DESGENAIS, *le repoussant.*

Je ne m'appelle plus Desgenais, je m'appelle l'opinion, je m'appelle le monde. Raphaël Didier! je ne vous connais plus. (*Il sort vivement.*)

SCÈNE VIII.

MARCO, RAPHAEL. (*Un silence. Raphaël, très-pâle, s'avance les bras croisés vers Marco assise.*)

RAPHAEL, *d'une voix altérée.*

Vous le voyez, Marco, c'était mon seul ami, et je l'ai laissé partir; pour vous, je renonce à tout! Marco, n'aurez-vous donc pas une bonne parole pour tous ces sacrifices?

MARCO, *sur le sofa, avec ironie.*

Des sacrifices?... Mais je vous en ai fait aussi, Raphaël. Nous sommes quittes.

RAPHAEL.

Quittes? En effet, j'ai souffert les sarcasmes du comte. Vous m'avez renié, là, tout à l'heure, comme un laquais; mon seul ami m'a insulté dans un dernier adieu... vous avez tué ma pensée... mais vous avez perdu trois invitations de bal, dix bouquets et quelques bijoux. Oh! vous avez raison, Marco, nous sommes quittes. (*Nouveau silence; il se promène avec agitation. Marco n'ouvre pas la bouche. Revenant près de Marco, d'une voix basse.*) Que vous a dit le comte? Il vous a parlé bas tout à l'heure. Que vous a-t-il dit? Je veux le savoir.

MARCO.

Il me parlait des courses.

RAPHAEL.

Vous mentez.

MARCO.

Vous êtes poli!...

RAPHAEL.

Il vous a dit qu'il vous aimait, sans doute?

MARCO.

Peut-être bien.

RAPHAEL.

Et qu'avez-vous répondu?

MARCO.

Je l'ai laissé dire.

RAPHAEL.

Vous voulez quitter Saint-James?

MARCO.

Oui.

RAPHAEL, *avec douleur.*

Enfin?... vous ne m'aimez plus! n'est-ce pas... (*Silence de Marco. Avec douleur et colère.*) Mais répondez moi donc!

MARCO, *souriant.*

Est-ce que je le peux?... vous me faites un crime de ma franchise quand je m'en sers.

RAPHAEL.

C'est bien... je comprends. (*Après un moment de silence.*) Le comte vous a probablement offert de vous reconduire à Paris.

MARCO.

Oui.

RAPHAEL.

Dans sa voiture?

MARCO.

Il ne m'y reconduira pas à pied, probablement.

RAPHAEL, *avec colère.*

Marco!

MARCO, *riant.*

Dame!... vous me dites des bêtises aussi.

RAPHAEL, *très-agité.*

Je vous en préviens, vous ne partirez pas.

MARCO.

Ah! par exemple!... c'est ce que nous verrons.

RAPHAEL.

Vous ne partirez pas, du moins, avec cet homme que je hais.

MARCO.

Vous le haïssez? ma foi! vous avez tort, car il ne vous hait pas, lui.

RAPHAEL.

Parce que je suis indigne de sa haine, n'est-ce pas?

MARCO.

Non, parce que c'est un homme bien élevé!

RAPHAEL, *avec colère.*

Marco!... (*Se contenant.*) Oui, Desgenais avait raison, je suis un lâche, car je vous aime!... et vous avez raison aussi; monsieur de Fresnes est un homme bien élevé, car il vous méprise.

MARCO, *souriant.*

Ah! vous allez me dire des impertinences à présent!

RAPHAEL.

O fille de marbre! fille de marbre!...

MARCO, *se levant.*

Ah! tenez, mon cher Raphaël, vous êtes ridicule.

RAPHAEL, *après un mouvement.*

Eh bien! ma foi, vous avez toujours raison, et je dois, en effet, vous paraître stupide. Je prends tout ça au sérieux, j'ai l'air de croire que c'est arrivé. (*Éclatant de rire.*) Bah!... c'est pour rire; allez, n'en croyez pas un mot... Et tenez, je vous aurai oublié dans dix minutes.

MARCO, *souriant.*

Eh bien! franchement, tant mieux...

RAPHAEL, *avec la fièvre.*

C'était absurde, au bout du compte!... Il n'y avait personne d'heureux dans tout ça; nous souffrions ici, et d'autres souffraient là-bas!...

MARCO.

Qui... ces autres-là ?...

RAPHAEL.

Ma mère... et Marie !...

MARCO.

Marie ?

RAPHAEL, *riant follement.*

Vous ne la connaissez pas... c'est une honnête fille !...

MARCO.

Raphaël !

RAPHAEL.

C'est toujours pour rire... mais c'est fini, et je veux être gentilhomme comme monsieur de Fresnes. (*Saluant.*) Mademoiselle Marco, je vous demande pardon de vous avoir dérangée si longtemps, je vous laisse à vos plaisirs... Voulez-vous me permettre ? (*Il veut lui baiser la main; Marco, effrayée par le ton et le regard de Raphaël, se recule un peu.*)

RAPHAEL, *éclatant encore de rire.*

Eh bien ! qu'est-ce que vous avez donc ? est-ce que vous avez peur que je vous morde ? (*Il lui baise la main.*)

MARCO.

Voyons, Raphaël, soyons amis.

RAPHAEL, *après un mouvement.*

Amis !... mais comment donc ? très-volontiers.

MARCO.

Il faut venir quelquefois me demander à dîner à Paris comme les autres !

RAPHAEL, *d'un ton singulier.*

Comme les autres !... oui... oui... mais je ne pourrai pas souvent profiter de votre invitation; vous comprenez ? mon travail !... il faut que je répare le temps perdu, et puis... quand ces deux femmes qui m'attendent... auront repris l'habitude d'être heureuses, je ne pourrai plus !...

MARCO.

Enfin tâchez.

RAPHAEL, *qui étouffe.*

Oui... oui... je tâcherai !... (*Il porte violemment la main à sa poitrine avec une expression de douleur.*)

MARCO, *allant à lui.*

Qu'avez-vous donc ?

RAPHAEL, *après un violent effort sur lui-même.*

Rien !... rien !...

MARCO.

Est-ce que vous retournez à Paris ?

RAPHAEL, *souriant.*

Mais oui...

MARCO.

Eh bien, prenez la voiture, je n'en ai pas besoin.

RAPHAEL.

C'est vrai !... oui !... vous... (*S'arrêtant.*) Mais moi non plus !... j'aime mieux... marcher... le temps est superbe !... (*Ses forces vont le trahir, Raphaël fait un dernier effort, souriant.*) Adieu Marco !... Adieu !... (*Il sort vivement par la droite, la porte du fond s'ouvre aussitôt et les autres paraissent.*)

SCÈNE IX.

MARCO, JULIAN, MAULÉON, FRANCIS, JOSÉPHA, FOEDORA, JULIETTE.

MARCO, *avec un soupir.*

Ouf ! (*Elle tombe sur un canapé.*)

JULIAN paraît entre Josépha et Juliette, tous trois sont couronnés de roses. Mauléon cause bas avec Fœdora, Francis va sur-le-champ à Marco.

Marco !... je vous présente des Parisiens de la décadence !...

JULIETTE.

Nous avons tout le jardin sur la tête.

JOSÉPHA, *mangeant des cerises.*

Ou dans la bouche.

FRANCIS, *à Marco.*

Vous nous avez donc abandonnés, belle Marco ?

MARCO.

Ah ! ne m'en parlez pas, mon petit Francis, je viens d'avoir une scène assommante...

FRANCIS.

Bah ! contez-moi donc ça... (*Ils causent bas.*)

JOSÉPHA, *à Marco.*

Attends, je vais te coiffer, ce sera un prétexte pour écouter. (*Elle vient derrière le canapé de Marco, et lui fait une couronne avec les roses blanches qu'elle retire de ses cheveux. Fœdora éclate de rire.*)

MAULÉON.

Ah ! Fœdora ! vous êtes dure pour le pauvre monde.

FOEDORA.

Je vous avais prévenu !... (*Se mettant au piano.*) Tenez, voilà la polka des pièces d'or. (*Elle commence une polka, Mauléon lui parle bas.*)

JULIETTE, *à Julian qui allume un cigare.*

Julian, venez danser.

JULIAN.

Je fume !...

JULIETTE.

Qu'est-ce que ça fait ? (*Elle le fait polker. Tout en polkant.*) Oh ! que vous êtes maladroit ! Vous ne suivez pas le piano !

JULIAN.

C'est le piano qui ne me suit pas.

JULIETTE, *s'arrêtant.*

Je vous apprendrai la polka.

JULIAN.

Eh bien, c'est ça, et pour votre peine, je vous apprendrai l'orthographe.

JULIETTE.

Tiens, est-il malhonnête !

FOEDORA.

Juliette, fais donc polker Mauléon, il m'ennuie.

MAULÉON.

Mais vous n'avez donc pas de cœur ?

JULIAN.

Oh ! si, elle en a un ; il est là, à gauche. (*On rit.*)

JOSÉPHA, *qui a fini de poser la couronne de Marco.*

Alors !... comme ça, c'est fini !...

MARCO.

Oui.

JULIETTE.

Quoi ? qu'est-ce qui est fini ?

FRANCIS.

Le roman de Marco et de Raphaël.

JULIAN, *prenant le milieu.*

Bah ! c'est donc ça qu'on ne le voit pas ?

JOSÉPHA.

Dame ! puisqu'il est parti !

JULIAN.

C'est lui qui a rompu ?

MARCO.

Non; c'est moi.

JULIAN.

En êtes-vous bien sûre, Marco ?

MARCO.

Cette question !

JULIAN. (*Fœdora quitte le piano. Tous écoutent.*)

Ah ! c'est que je sais une histoire. Vous souvenez-vous de cette charmante enfant que nous avons rencontrée une fois à Madrid ?

MARCO.

Oui.

JOSÉPHA.

Qui demandait la charité ?

JULIAN.

C'est cela même.

MARCO.

Eh bien ?

JULIAN.

Eh bien ! la mère de Raphaël l'a adoptée. Je suis allé une fois à son atelier depuis qu'il est ici, et j'y ai vu Marie !

MARCO.

Marie... ah ! elle se nomme Marie !

JULIAN.

Elle est plus jolie que jamais. Je l'ai fait causer, et il paraît... (riant) qu'elle aime beaucoup la sculpture.

MARCO.

Ah !

JULIAN.

Elle m'a parlé de Raphaël avec un enthousiasme ; c'est plus que de l'amour, c'est de l'admiration ; cette pauvre petite !... elle était si touchante, si naïve ; ses beaux yeux avaient tant de larmes en me parlant de l'ingrat, que, ma foi, ça m'a ému, moi ! Je lui ai dit que Raphaël l'aimait, et n'aimait qu'elle.

JOSÉPHA.

Ah ! par exemple !

JULIAN.

Eh bien ! mais je crois qu'il tiendra mes promesses.

FOEDORA.

Eh ! ma foi, ça en a assez l'air.

FRANCIS.

Le fait est que ce brusque départ...

JULIETTE.

Cet amour si vite envolé !...

JOSÉPHA.

Ah ! Raphaël aime Marie !...

JULIAN, riant.

Tiens !... Josépha qui a compris !...

FOEDORA, à Marco.

Mais alors tu es jouée, Marco ?

JULIAN, riant.

Marco est immolée, sacrifiée !

FRANCIS, riant

Pauvre Marco !

TOUS, d'un ton lamentable.

Pauvre Marco !...

MARCO, se levant.

Vous êtes tous des imbéciles !... (Rire général.)

JULIAN, riant.

Dix louis que Marco réaime Raphaël.

MAULÉON.

Je les tiens.

JULIETTE

Je parie pour Julian.

FRANCIS.

Dix louis que Raphaël n'aime plus Marco.

MARCO, riant.

Je les tiens. (Rire général).

JULIAN, riant.

C'est imprudent, Marco; croyez-moi, passez la main.

MARCO, froidement.

Vingt louis !... trente louis !...

FRANCIS, riant.

Banquo. (Rire général, brouhaha, ils remontent en tumulte.)

FRANCIS, au fond, du même ton lamentable.

Pauvre Marco !

TOUS, de même.

Pauvre Marco ! (Tous, moins Josépha, sortent par le fond pêle-mêle et riant aux éclats.)

SCÈNE X.

MARCO, JOSÉPHA, puis RAPHAËL.

JOSÉPHA, à Marco pensive. *

Vois-tu, tout ça c'est des bêtises; mais tu as eu tort de rompre avec Raphaël, car il était le gentil de tous...

MARCO, d'un ton singulier.**

Oh ! ce n'est pas fini, (à elle même) et nous verrons bien qui l'emportera de Marco ou de mademoiselle Marie ! cette touchante enfant qui a fait pleurer monsieur Julian. (Avec une colère froide.) Oh ! ces filles !... je les déteste !... comme elles me détestent elles-mêmes sans doute. Je hais ces reproches en bonnets, ces remords en robes d'indienne.

JOSÉPHA.

Comme tu es émue ! qu'as-tu donc ?

MARCO.

J'ai... (Apercevant Raphaël dans la glace qui est près d'elle, à part.) C'est lui !... (Avec joie.) Il est revenu !... (Changeant de ton.) J'ai... que je le regrette, Josépha ! J'ai... que je l'aime; est-ce que tu ne l'as pas deviné? (Raphaël descend lentement.)

JOSÉPHA, étonnée.

Si !... si !... en effet. (A part.) Ma foi, non.

MARCO, feignant la surprise en apercevant Raphaël.

Raphaël !

JOSÉPHA.

Mais oui... Ah ! à la bonne heure ! (Lui prenant la main.) Je suis bien contente ! (A part en sortant.) Je vais dire à Francis qu'il a perdu. (Elle sort.)

MARCO, avec un sourire tendant la main à Raphaël.

Merci d'être revenu ! merci de n'avoir pas pris toutes mes folies au sérieux ; c'est bien ! et je t'aime plus que jamais. (Raphaël ne répond pas.)

MARCO, voulant l'attirer près d'elle.

Tu m'en veux encore?... Oh ! mais je sais me faire pardonner. (Elle lui jette les bras autour du cou et l'embrasse. Raphaël la regarde fixement. Un peu troublée.) Mais qu'as-tu donc?... comme tu me regardes ! Ah ! vous me faites peur ! (Raphaël va décrocher un portrait et en retire le cercle.) Que faites-vous?

RAPHAEL, avec un calme terrible.

Je reprends mon portrait, Marco... mais je vous laisse les diamants. (Il les pose sur la cheminée.)

MARCO.

Raphaël !

RAPHAEL.

Marco ! veux-tu que je te dise pourquoi il y a eu pendant une minute de l'amour sur tes lèvres et dans tes yeux? Eh bien ! c'est parce que tu as appris qu'en m'aimant, tu pouvais briser un cœur, faire couler des larmes... Ce qui te guidait, ce n'était pas le bonheur de Raphaël, mais le désespoir de Marie. (Mouvement de Marco. Raphaël lui montrant la porte de droite.) Je n'ai pas bougé de là, Marco ! Adieu... je pars... mais avant... donnez-moi votre couronne, Marco.

MARCO.

Ma couronne !

RAPHAEL.

Je la veux !... (Il s'approche.)

MARCO, se reculant.

Etes-vous fou ?

RAPHAEL.

Otez ! ôtez cela, Marco !... les roses blanches !... ce n'est que pour le front des anges, ou le cercueil des vierges ! (Il lui arrache la couronne et la jette à terre.)

MARCO, avec rage.

Monsieur !... (La porte du fond s'ouvre, et tous avancent la tête.)

JULIAN.

Qu'y a-t-il donc ?

MARCO, se remettant.

Rien... rien...

RAPHAEL, bas.

Adieu, Marco, adieu pour toujours. (Il se dirige vers la drite.)

MARCO, à part.

Pour toujours, c'est ce que nous verrons.

JULIAN.

Où va donc Raphaël ?

MARCO, froidement.

Il ne veut pas dîner avec nous !

ACTE V.

L'atelier de Raphaël.

SCENE PREMIÈRE.

Mme DIDIER. MARIE. (*Madame Didier est assise à gauche; elle rêve. Marie est debout, devant le chevalet à droite, et regarde le dessin du troisième acte.*)

MARIE, *soupirant.*

Pauvre petit portrait! est-ce que Raphaël ne te finira pas? (*Allant à la fenêtre qui est à gauche.*) Joli jardin que j'ai planté sous sa fenêtre, est-ce que Raphaël ne vous verra pas? (*Elle arrose les fleurs en chantant d'une voix triste.*)

Air nouveau de M. Montaubry.

C'est le printemps qui recommence
Avec les fleurs et les gazons!
Dieu rajeunit notre existence,
Le ciel est tout plein d'espérance,
La terre est pleine de chansons.

(*Madame Didier prête tout à coup l'oreille, se lève et court à la porte qu'elle ouvre.*)

MARIE, *s'élançant.*

Est-ce que c'est lui?

Mme DIDIER, *tristement.*

Non. (*Elle redescend et s'assied.*)

MARIE.

Il reviendra, n'est-ce pas?

Mme DIDIER, *assise.*

Je n'en sais rien, mon enfant.

MARIE.

Cependant, puisque c'est demain votre fête.

Mme DIDIER, *avec un espoir.*

Ah! vraiment! (*Secouant la tête.*) Il ne s'en souviendra pas.

MARIE.

Vous croyez? (*Elle essuie une larme.*)

Mme DIDIER, *l'embrassant.*

Pauvre enfant!... tu l'aimes bien?

MARIE.

Dame... je vous aime tant!...

Mme DIDIER, *à elle-même.*

Oh! cette femme, comme elle nous a fait du mal!

MARIE, *avec douleur.*

Oh! oui! c'est vrai!... et encore, elle ne le rend pas heureux, monsieur Julian me l'a dit!

Mme DIDIER.

Ah!... monsieur Julian...

MARIE.

Comment peut-elle ne pas l'aimer?... elle qui le voit tous les jours!... moi, je ne l'ai vu qu'une fois, mais je ne l'ai jamais oublié. (*Avec amour.*) Il m'a dit de si bonnes paroles ce jour-là!... c'étaient les premières que l'on me disait... et... (*à part*) ce baiser!... (*avec des larmes*) le premier aussi... (*avec douleur*) et le dernier peut-être... (*En disant ces derniers mots elle passe à gauche de la table. On entend sonner l'Angélus au loin.*)

Mme DIDIER.

L'Angélus!... viens, Marie, prions Dieu pour qu'il nous rende celui que nous aimons tant toutes deux. (*Madame Didier est assise. Marie s'agenouille au bout de la table, le dos tourné au public, joignant les mains.*) Mon Dieu! protégez mon fils!... mon amour!... mon espoir!... Mon Dieu!... faites que mon fils soit heureux!... rendez-le au travail. (*Ici Raphaël paraît au fond; il voit sa mère priant, il se découvre: les cloches tintent toujours.*)

Mme DIDIER.

Ce fils, mon Dieu!... c'est mon orgueil et ma joie!... c'est toute la richesse de ma pauvreté!... rendez-le à la vie calme et heureuse!... rendez-le à l'amour!... aux baisers de sa mère. (*Raphaël, sans rien dire, ôte son habit qu'il jette dans un coin, décroche son habit d'atelier et le passe.*)

SCENE II.

Les Mêmes, RAPHAËL.

Mme DIDIER.

Ces cloches me font du bien. J'ai prié, et il me semble que c'est Dieu qui me répond.

RAPHAEL.

Oui, c'est Dieu, ma mère.

Mme DIDIER *et* MARIE, *avec un cri de joie.*

Ah!

RAPHAEL, *allant à elles.*

C'est Dieu! et il vous dit : « Le voilà, ton enfant prodigue; je » lui ai envoyé le repentir et je le ramène. Pardonne-lui, bonne » mère, comme je lui ai pardonné. » (*Il s'agenouille devant sa mère.*)

Mme DIDIER, *le couvrant de baisers.*

Mon Raphaël!... mon enfant!...

RAPHAEL, *se levant et prenant le milieu.*

Ma mère!... Marie!... Je vous retrouve toutes deux, et toutes deux priant pour l'ingrat qui vous oubliait!... (*Couvrant de baisers la main de sa mère.*) Pauvre mère!... quand je pense qu'il y a deux mois que je ne t'ai embrassée!... deux mois pendant lesquels je ne t'ai pas dit une fois que je t'aimais!... Oh!... j'étais fou!... la vie est si courte!... on n'a pas déjà trop le temps d'aimer sa mère.

Mme DIDIER, *le regardant.*

Enfin!... tu m'es rendu!... (*Avec inquiétude.*) Comme tu es pâle!... Est-ce que tu es malade?

RAPHAEL.

Oui... un peu... mais c'est fini!... (*Marchant avec un peu d'agitation.*) Te revoilà donc, mon cher atelier... Je n'en sortirai plus... je veux m'y emprisonner... et vous y emprisonnez vous-mêmes. (*Avec force.*) Mon travail, mes rêves, ma gloire, ma sœur et ma mère... mais c'est le bonheur!... cela!... Fermez la porte, Marie, fermez bien vite la porte pour qu'il ne s'en aille plus.

MARIE, *descendant à droite, après avoir fermé la porte de l'atelier.*

Que je suis heureuse!

RAPHAEL, *regardant sa mère.*

Pauvre mère!... Dis donc, toi qui parlais... sais-tu que tu es joliment pâle aussi...

Mme DIDIER.

Mais non...

MARIE.

Dame!... maman ne dort plus depuis que vous êtes parti! elle passait toutes les nuits à la fenêtre.

RAPHAEL.

Pauvre mère!... (*Il l'embrasse.*)

MARIE.

J'en ai passé aussi. (*Elle s'approche de Raphaël.*)

RAPHAEL.

Chère petite Marie! (*Il l'embrasse.*) Puisque me revoilà, mère!... je veux que tu ailles prendre du repos tout de suite pour te rattraper.

Mme DIDIER.

Mais non... mais non.

RAPHAEL, *riant.*

Ou bien, je m'en retourne.

Mme DIDIER.

Oh! ne dis pas ça.

RAPHAEL.

Eh bien, alors, fais ce que je veux, bonne mère... va te reposer et fais de beaux rêves.

Mme DIDIER.

Où tu seras!

RAPHAEL.

Parbleu!... (*Il l'embrasse encore.*) Au revoir, mère! Au revoir.

Mme DIDIER.

Oui, oui, à bientôt, mon Raphaël, à bientôt... Oh! comme j'ai bien fait de prier! (*Elle sort.*)

SCENE III.

MARIE, RAPHAEL.

RAPHAEL, *assis sur le bout de la table.*

Eh bien! et vous Marie?...

MARIE.

Oh! moi... je resterai, à moins que vous ne me chassiez.

RAPHAEL.

Vous chasser? (*A part en la regardant.*) Pauvre enfant, quelle joie dans ses yeux, dans ses yeux, qui ont bien pleuré, sans doute.

MARIE.

Comme vous me regardez!

RAPHAEL, *lui tendant la main.*
Il y a si longtemps que je ne vous ai vue, Marie.

MARIE, *allant à lui.*
Ce n'est pas ma faute.

RAPHAEL.
Non, c'est la mienne; mais nous ne nous quitterons plus, rassurez-vous... (*Se reprenant.*) Rassure-toi.

MARIE, *souriant, elle s'assied sur le fauteuil, près de la table.*
J'aime mieux ça.

RAPHAEL.
Chère enfant!

MARIE.
Si vous saviez quels vilains rêves j'ai faits depuis que vous nous avez quittées.

RAPHAEL.
Et moi donc!

MARIE.
Vous aussi!

RAPHAEL, *avec un commencement de fièvre.*
Oui, oui, j'ai fait un mauvais rêve et qui a duré bien long-temps, Marie! J'ai rêvé qu'il y avait au monde des femmes qui passaient leur vie tout entière à tuer ce qu'il y a de noble et de grand, la gloire et l'amour; des femmes qui s'éveillaient le matin en se demandant froidement quelle ruine elles causeraient ce jour-là, quel Dieu elles renieraient la nuit suivante. J'ai rêvé que ces femmes-là étaient fêtées et heureuses, qu'il y avait des gens qui étaient fiers de s'asseoir à leurs côtés et de manger à leur table; que les plus beaux noms s'inscrivaient sur leur liste banale un an à l'avance, afin d'obtenir la faveur de se ruiner pour elles. J'ai rêvé que l'on se disputait une fleur de leur bouquet, un morceau de leur ceinture, et qu'en échange ces gens-là leur donnaient la fortune de leurs femmes, la dot de leurs filles et l'honneur de leurs maisons. Tu le vois, Marie, c'était un horrible rêve, mais je suis réveillé, et le réveil, c'est toi, c'est ma mère; le réveil, c'est la même prière que faisaient deux femmes, là, tout à l'heure; le réveil, Marie, c'est la religion et l'amour.

MARIE, *lui prenant la main.*
Oh!... comme votre main est glacée!

RAPHAEL, *passant à sa statue.*
Oh! ce n'est rien...; je vais réchauffer mes doigts en tra-vaillant...

MARIE, *inquiète.*
Non... non, il ne faut pas travailler ce soir... Je ne sais, mais vous paraissez souffrant.

RAPHAEL.
Un peu... oui... c'est la fatigue... mais c'est égal! D'ailleurs il me semble que ça me fera du bien de travailler. (*S'arrêtant.*) Tiens, ma terre est durcie!

MARIE.
Voulez-vous de l'eau?

RAPHAEL.
Ça n'y ferait plus rien, il est trop tard. Ah! (*Moment de si-lence.*) Marie, je vais achever ton portrait... tu sais... ce portrait commencé. (*Il se met au chevalet.*) Pendant ce temps-là, tu chanteras, veux-tu?

MARIE.
Ça vous fera plaisir?

RAPHAEL.
Oui, oui, Marie.

MARIE, *à part.*
Qu'a-t-il donc? (*Elle chante en l'observant avec inquiétude.*)

C'est le printemps qui recommence
Avec les fleurs et les gazons!...
Dieu rajeunit notre existence,
Le ciel est tout plein d'espérance,
La terre est pleine de chansons!

RAPHAEL, *mettant tout à coup la main sur son cœur.*
Ah!... là! là!... j'ai du feu... je brûle... donne-moi à boire.
(*Marie va prendre un verre et le remplit à la fontaine à droite.*)

SCENE IV.
LES MÊMES, DESGENAIS.

DESGENAIS, *avec joie.*
Il est revenu et il travaille... bah! je te gronderai demain embrasse-moi d'abord.

RAPHAEL, *le délire commence.*
Travailler... (*Jetant ses papiers et ses crayons.*) Non... je ne peux pas!... je ne peux pas... si vous voulez que ma pensée soit à mon travail, ôtez-les donc de devant moi... chassez-les... chassez-les...

DESGENAIS.
Qu'a-t-il donc? (*Lui prenant la main.*) Sa main est brûlante..

MARIE.
Elle était glacée tout à l'heure. (*Musique à l'orchestre qui rappelle le motif de l'apparition des statues au prologue. La nuit vient par degrés.*)

RAPHAEL, *debout; le délire redouble; il regarde dans le vide, l'œil fixe.*
Les voyez-vous!... les voyez-vous... là bas... là bas...

DESGENAIS.
Mais qui donc?

RAPHAEL.
Les filles de marbre... Pourquoi donc me poursuivez-vous ainsi? pourquoi tendez-vous vers moi vos bras nus? je ne vous connais plus!... je ne veux plus vous connaître!... Vous res-tez?... eh bien, ce que vous m'avez fait, je vous le ferai... vous m'avez déchiré le cœur... à mon tour!... (*Il fait le geste et re-cule*). Desgenais... ma main n'a rien trouvé... tu ne sais pas, elles n'ont pas de cœur...

DESGENAIS.
Mon ami! calme-toi!

MARIE.
Raphaël?

RAPHAEL, *la regardant fixément.*
Qui êtes-vous?... que me voulez-vous?...

MARIE.
Mais je suis Marie... Marie votre sœur.

RAPHAEL.
Tu es Marie... Ah! oui, je sais... une jeune fille que ma mère aime bien. Alors si tu es Marie, donne-moi le bras... et viens... bien loin d'ici, bien loin... Je ne peux plus marcher! (*Desgenais le soutient; ils le font asseoir dans le grand fauteuil à gauche.*) Pauvre enfant! tu es l'orpheline que l'orage a jetée près de nous... tu étais ma fille... et bientôt tu seras encore or-pheline...

MARIE.
Non, non... vous vivrez... entre votre mère et moi... nous vous aimerons tant.

RAPHAEL.
Oui, tu m'aimais bien, n'est-ce pas, pauvre enfant abandon-née! tu vivais agenouillée dans ton amour, et j'ai passé près de toi sans te voir! Tu me souriais, et je n'ai pas vu ton sourire... tu me tendais la main au bord de l'abîme et je n'ai pas vu ta main, et je suis tombé. (*Avec des larmes.*) Ah! je vois bien main-tenant où est le bonheur, Marie! il est dans votre amour à toutes deux; ce bonheur, je le vois, je le touche!... je vais l'attein-dre!... il est trop tard...

MARIE.
Mon Dieu! mon Dieu!

RAPHAEL, *se soulevant et retombant aussitôt.*
Je veux embrasser ma mère.. Non... elle dort... elle rêve que je suis heureux; Marie, tu lui porteras mes baisers. (*Il l'em-brasse.*) Ne la quitte pas... elle est si vieille... Ma pauvre mère! elle aussi va être orpheline.

MARIE, *avec désespoir.*
Raphaël! mon frère!...

RAPHAEL, *souriant et répétant d'une voix faible la chanson de Marie.*
Le ciel est tout plein d'espérance,
La terre est pleine de chansons.   (*Sa tête retombe.*)

MARIE, *avec un cri étouffé.*
Ah! mort! (*Elle tombe à genoux devant Raphaël! — L'or-chestre joue en sourdine l'air de la chanson de Marie. — On en-tend frapper trois coups à la porte de l'atelier.*)

SCENE V.
LES MÊMES, JOHN, puis MARCO.

JOHN, *paraissant.*
Monsieur Raphaël Didier!

DESGENAIS, *cachant Raphaël.*
Que voulez-vous?

JOHN.
C'est madame!

DESGENAIS, *avec un mouvement.*
Elle est là?... qu'elle entre! (*John s'efface, Marco paraît. Musique des statues au premier acte.*)

DESGENAIS.
Vous demandez Raphaël, Marco? (*Le découvrant.*) Tenez, le voilà!

MARCO, *avec un cri.*
Raphaël!

DESGENAIS, *étendant le bras du côté de la chambre de Mme Did*
Prenez garde, madame, vous allez réveiller sa mère!